4
あボーン
イラスト
館田ダン
JN131361
ネトゲの嫁が
人気アイドル
だった
~クール系の彼女は
現実でも嫁の
つもりでいる~

My wife in the web game is a popular idol.

CHARACTER

「善は急げ、やるときは次の瞬間。
それがアイドルってもんだよカズくん！」

胡桃坂奈々（くるみざか・なな）

凛香を見て、心臓が弾け飛んだ。
なぜか凛香もバニーガールになって、そこにいるのだ。
凛香は恥ずかしそうに頭のうさ耳を弄ったりして、
そわそわしている。

ネトゲの嫁が人気アイドルだった 4

～クール系の彼女は現実でも嫁のつもりでいる～

あボーン

CONTENTS

目次

My wife in the web game is a popular idol.

イラスト／館田ダン

プロローグ

✕ PROLOGUE ✕

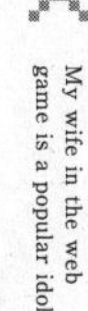

My wife in the web game is a popular idol.

――真っ暗だ。なにも見えない。

俺は真っ暗で狭い空間にいるらしい。自然と目を覚ましてまぶたを開けたが、まぶたを閉じているときと変わらない暗闇が広がっていた。ここが密室なのかもわからない。

一つだけわかるのは、俺は仰向(あおむ)けで寝転がっているということ。

「…………」

ひとまず体を起こそうか。と思い起き上がろうとしたが――ゴンッ！　と頭をぶつけた。

視界に火花が散る。痛さのあまり「ぐぅっ」と呻(うめ)いた。どこだよ、ここ……。

「ん……すぅ、すぅ……んん」

すぐ隣から寝息が聞こえた。凛香(りんか)だ、凛香の寝息だ。

爽やかな花の匂いが漂っていることにも気づく。

ここでようやく俺は思い出した。

「ああ……そうだった、凛香とベッドの下で寝たんだった」

夏休み最終日、四人で花火をした後のこと。最後の夜を四人で過ごそうという話になり、俺の部屋で楽しい時間を過ごし、就寝時間になって凛香が『和斗(かずと)とベッドの下で寝たいわ。意外といいものよ』と言い出し、当然のように難色を示した俺に対して梨鈴(りすず)が『……夏休み最終日、好きな人の切実なお願いを聞かないってヤバ』と言い……今の状況に至るわけだ。こういうときの女子の連携は恐ろしいものがある。

「今、何時だ」

俺と梨鈴はともかく、凛香と乃々愛ちゃんは家に帰らなければいけない。登校する時間も考えると、早朝の間に帰ってもらわなければ……。

「和斗……おはよう」

「おはよう……起きたんだ、凛香」

「ええ。和斗が目覚めた気配を感じて、ね」

「………………」

なんか言い方にストーカー的なものを感じた。いやかわいい自称お嫁さんだけども。

「暗くて狭い場所で、好きな人と密着する……とても、いいわね」

「う、うーん……そう、かな？」

「和斗の息遣いや体温をそっくりそのまま感じられるの。私はネトゲの世界を、余計な情報を削ぎ落とした素晴らしい世界だと言ったけれど、視覚を奪うことでリアルでも好きな人の存在にどっぷりと浸かれるのね」

スルリと柔らかいなにかが俺の腕に絡みついてきた。凛香の腕だ。

「好きよ和斗。もう離したくない………だって私の夫ですもの」

意外にも明るい場所では照れたり恥ずかしがったりする凛香だが、暗い場所では積極的にくっついてきたりする。そのギャップにドキドキさせられるも、俺は必死に理性を再稼働させた。

「凛香……嬉しいよ。でも今日、学校――」

「んっ……むぅ……んん、あぁっ……むぅっ」

俺と凛香の会話を中断するように、頭上から乃々愛ちゃんの苦しそうな声が聞こえた。

そうだ、梨鈴と乃々愛ちゃんは俺のベッドで寝ているんだった。

「んっ……あっ……んっ」

いったいどうしたんだ乃々愛ちゃん。もしかして悪夢にうなされているのか？

なら早く起こしてあげないと……！

「ちょっと和斗。どこ行く気かしら」

「乃々愛ちゃんのピンチだ！」

俺は凛香の腕を優しく解き、ベッドの下から這い出て立ち上がる。

そして乃々愛ちゃんの様子を確認するべくベッドに目をやり――唖然とした。

「ふっ、あ……あっ……んんっ」

「……ぐ、ぐへへ、乃々愛ちゃん……乃々愛ちゃん……っ！」

なんと寝ている梨鈴が、乃々愛ちゃんを抱きしめていた。しかもそれだけでは飽き足らず、乃々愛ちゃんの頰をチューッと吸っている！　最低だ！

「な、なにしてんの⁉」

「………………んえ？」

「んぅ？」

パチッと目を開ける梨鈴。頰をチューッと吸われている乃々愛ちゃんもパチパチとまばたきした。

「おい梨鈴！　天使乃々愛ちゃんになんてことを……！」

「……私、なにをしている？」

「乃々愛ちゃんのほっぺを吸っていたんだ！」

「……どうりで、幸せな夢を見ていたわけ………ちゅーっ」

「だから吸うなよ！」

俺は、梨鈴に捕らわれている乃々愛ちゃんを強引に抱き上げ、救出する。

ああ、乃々愛ちゃんの右頰が虫に刺されたように赤くなって……。

慰めるつもりで「よしよーし」と声をかけながら乃々愛ちゃんを抱っこしてあげる。

「なんの騒ぎかしら」

凛香もベッドの下から這い出て、クール系アイドルらしくサッとスマートに立ち上がり、キリッとした目で順に俺たちを見た。

「どういう状況か、理解できないわね。そのうえで私から言えることは一つ……和斗に抱っこされている乃々愛が羨ましい――――あ、そうだわ、ルールを作りましょう。これから毎朝、夫は妻を抱っこするの。もちろんお姫様抱っこも可」

「朝から飛ばしてるなー」

　これが水樹凛香だよなー。ある意味、安心感がある。

「凛香、聞いてくれ。梨鈴が乃々愛ちゃんの頬を吸っていたんだ」

「なんですって？」

　凛香はじろりとベッドに寝転がる梨鈴に視線を向けた。きちんと怒ってもらおう。

「……凛香さん、私の話も聞いてほしい」

「なにかしら」

「……大好きな人がそばにいたら、ほっぺをチューッと吸いたくなる……。これは、ごく普通のこと」

　そんな普通あってたまるか。

「そうね、普通のことね」

　あっさり頷く凛香。正直、凛香なら頷くと思った。

「んぅぅ……かゆぃぃ」

　乃々愛ちゃんは不快そうに赤くなった右頬をポリポリと掻く。

「そうだよね、かゆいよね。あれだけ吸われたんだし……。よし、俺が掻いてあげる」

「はっ――――。梨鈴、私の頬を吸ってもらえる？」

「……頬よりも唇を吸いたい」

「それはダメよ。私の唇は愛する夫、和斗にしか許してないの」

「……なら、ふともも――いや、ち、ちく――――ふとももでお願いする」

「前々から感じていたけれど、梨鈴、私の脚に並々ならぬこだわりを持っているわね」

こだわりというか、ただの変態的な欲求だ。

「和斗。乃々愛をかわいがってくれるのは、とても嬉しいわ。けれど前から何度も言っているように、妻を蔑ろ（ないがし）にするのはよくないことよ」

「蔑ろにしてるつもりはないけど……」

「なら私を抱っこして、今すぐに。それから――――」

「……お兄が凛香さんを抱っこするなら、乃々愛ちゃんは私に任せてほしい……」

「絶対任せない！　梨鈴だけには任せない！　このロリコン犯罪者めっ！」

「……私というロリに対して、その罵倒は意味不明」

「ちょっと和斗、私の話を聞いてる？　もっと妻に意識を傾けて」

「んぅ……かずとお兄ちゃん、ほっぺがかゆいぃ」

二人の人気アイドルと天使な幼女が、わーわーと一方的に話しかけてくる……！

　ていうかこんなことしてる場合じゃないだろ！

「もう夏休みは終わりました！　凛香と乃々愛ちゃんは帰る支度をしてください！」

「んぅ、わかった」

「仕方ないわね。今日のところは我慢するわ」

　水樹姉妹は少し不服そうにしながらも納得した。凛香は乃々愛ちゃんを連れて部屋から出ていく。なんか俺、苦労人ポジションに収まりつつある気がするんだけど？

「…………」

「なにしてんの、梨鈴」

　ふてぶてしい義妹だけは俺のベッドでのんびりと猫のように寛いでいた。

「……私は休日」

「ああそっか、梨鈴はまだ夏休みなんだな」

「……夏休みは、一昨日に終わった」

「あ、一昨日か。それなら大丈夫——じゃないだろ！」

「……反応、微妙におそっ」

「いいから学校に行きなさい！」

「……お兄ちゃん口調で怒られた」

「一昨日って……梨鈴、ずっと家にいたじゃん！　ズル休みだよね!?」

「……私はアイドル活動で心身ともに疲弊している。休息が必要」

「くっ……怒りづらい……！」

一般人の俺には想像できない苦労がアイドルにはあるはずだ。アイドル活動で疲弊している、そう言われては強く注意できない。凛香のこともあったわけだし……。

「……ごろごろー」

ベッドの上で転がる梨鈴。なんて自堕落な女の子だ。

……これは、兄として俺がしっかりするべきだろう。

アイドル活動で大変かもしれないが、それを理由に甘やかすと梨鈴のためにならない。

「梨鈴。学校に行くんだ」

「……いやだ」

「梨鈴」

「…………うるさい」

「梨鈴、学校に————」

「しゃーっ!!」

「猫!?」

ぶち切れた梨鈴が、四つん這いになって威嚇してきた。もうめちゃくちゃだ。

しかしここで諦めるつもりはない。

俺は恋人として凛香を支え、兄として梨鈴を支えると決めたのだから——。

「梨鈴！　学校に行ってもらうぞ！」

「……ふー、しゃーっ!!」

☆

「いってー……思いっきり引っ掻かれた」

登校中。俺は右頬を手で押さえながら歩く。

なんとか梨鈴を学校に行かせることに成功したが、その代償は大きかった。

「やあ綾小路くん！　久しぶりだねぇ！」

「お、斎藤。久しぶり」

後ろから話しかけられ、振り返る。一人のメガネ男子が俺に手を振っていた。

なんだか懐かしい。日常に戻ってきた気分。

こちらも軽く手を上げて応え、斎藤が横に来るのを待つ。

「今日もいい天気だね。まだ暑いくらいだ」

「そうだなー」

「でも僕の計算によると、お昼から雨が降る確率は10パーセントだよ！」

「それ天気予報見ただけだろ」

ジト目を向けてやった後、俺は斎藤と肩を並べて歩き出す。

「この夏休み、水樹さんとは良い思い出が作れたかい？」

「まあ……うん。良い思い出、になるかな……今となっては」

夏休みでの出来事が頭の中を一瞬で駆け抜けていく。

思い返せば凛香とはいろいろあったなぁ。……ほんと、濃厚すぎる日常だった。

「余計なお世話だろうけど、僕には気になることがあるんだ」

「気になること？」

「スター☆まいんずのメンバーたちのことさ。胡桃坂さんは応援しているようだけれど、他のメンバーはどうなんだろうね」

「ああ……」

凛香も気にしている様子だったな。タイミングを見て、俺との関係をメンバーに説明したいと言っていた。たしかに不安な点ではある。

「とくに小森梨鈴という子には注意が必要だね。過激な発言が多くて、ファンの神経を逆なですることが多いから――――おおっと綾小路くん、その顔の傷はどうしたんだい？猫に引っ掻かれたような傷じゃないかっ」

その小森梨鈴にやられたんだよ。俺は呆れつつ「なんでもない」と首を横に振った。

それからも適当に言葉を交わし、やがて校舎と校門が見え始める。

「ん、なんだあの人だかり」

校門の近くに妙な集団ができあがっていた。誰かを中心に集まっている。

近づくにつれて騒ぎの内容が聞こえてきた。

「水樹凛香だ！　胡桃坂奈々と一緒にいる！」

「今、サインもらえるんだって！」

「やっぱりあの二人お似合いだよねー。超かわいい！」

「サインほしい！　サイン！」

色めき立つ生徒たち。次々と登校してくる生徒が集まり、大きな集団へと進化していく。

さりげなく、その集団の隙間から中心を窺ってみた。

凛香と奈々がサインや握手に応じているのが見える。

嫌そうな顔は一切せず、むしろ楽しそうだ。

ファンサービスというより、純粋に交流を楽しんでいるのだろう。

「なんか、すごいな。こんなの初めて見た」

「スター☆まいんずは人気が増してるからね。こういうこともあるんじゃないかな」

時間にも余裕があるので、俺と斎藤は遠巻きに集団を眺める。

「んっ？」

そのとき、高級感あふれる黒い車が走ってきて、集団の近くに止まった。

凛香と奈々に夢中だった生徒たちも、さすがに気にするしかない。

この場にいる人たちの視線を集める黒い車。

ドアが開かれ、黒色のスーツを着た男性運転手が堂々とした態度で出てきた。

その運転手は周囲から注目されていることも気にせず、後部座席のドアを開けにいく。

……なんだ、誰が出てくるんだ。

「まさか、清川綾音……」

「え？」

隣にいる斎藤がボソッと呟くと同時に、運転手はドアを開けた。

中からスラリとした脚を出したのは一人の少女。パッと見たイメージは外国のお嬢様。

日本人離れした整った顔立ちで、長い金髪を風になびかせている。身長は奈々よりも少し低いが、凛香を思わせる真っすぐ伸びた背筋で堂々とした空気を発していた。

……外国人だろうか。一瞬だけ見えた瞳の色は緑だったし。

「あっ！　清川様だ！」

「清川様！　清川様！」

「清川綾音様ー！　うぉああああああ!!」

「ひぃぁああああああああああ!!」

爆発したように色めき立つ生徒たち。カルト宗教みたいになってるじゃん。

彼女は集団に向かって優雅に歩き出し――ニコッと微笑んだ。

「みなさん、おはようございます。そこにいらっしゃるのは……凛香先輩と奈々先輩でしょうか」

「あ！　綾音ちゃん！」

奈々は嬉しそうに手をあげ、「こっちこっちー！」と呼びかけていた。

凛香と奈々のもとに集まっていた生徒たちは、清川綾音という少女に道を譲るように少し距離を置く。そのときに凛香の顔がチラッと見えたのだが、清川に対し、梨鈴に見せるような優しい微笑みを浮かべていた。

親密そうな関係……そうか、あの金持ちそうな女の子の正体は――。

「スター☆まいんずのメンバー……」

「そうだよ。知らなかったのかい？」

「んーなんか、ライブ動画にいたような、いなかったような……」

「君の記憶力は恐ろしいね。興味がないことに関してはまったく覚えられないようだ」

「まあな！　それがネトゲ廃人だ！」

「誇っていいことではないよ……」

珍しく斎藤からドン引きされる俺だった。……にしても、そうか。

この学校には人気アイドルが三人もいたのか。すごいな。

「凛香たちを先輩呼びしたってことは、清川は一年生？」

「そうだね。年下とは思えない落ち着きっぷりだ」

「たしかに」

凛香たちと楽しそうに喋る清川は、一つひとつの仕草が上品であり、芸術として完成されているようにも思える。お高いドレスを着て社交界に行ってそうなイメージだ。

ていうか車で登校するってなんだよ。あの運転手も専属ってやつだろうか。

普通に登校すればいいのにあんな派手な登校をするなんて……目立ちたがり屋？

「胡桃坂さんは元気系アイドル、水樹さんはクール系アイドル。そして清川さんはお嬢様系アイドルだよ」

「小森梨鈴は？」

「炎上系毒舌ロリアイドル」

「もはやジャンルが違う。異物混入じゃん」

スター☆まいんずに所属していいキャラなんだろうか。

「そろそろ教室に向かいましょうか」

凛香の一言で、人気アイドル三人は肩を並べて校門を通りすぎていく。

その背中にファンたちの熱い視線を浴びながら……。

「────」

ふと、凛香がこちらを振り返った。目が合う。

凛香は、ほんの一瞬だけ口元を緩め、すぐに前を向いた。

「………」

遠ざかっていく凛香の背中を見つめ、俺は思わず微笑んでしまう。

俺と凛香は堂々と人前で話すことはできない。

だからこそ、一瞬目を合わせるだけでも嬉しくなれるのだろう。

「────」

今度は、清川がこちらを振り返った。目が合う。

時間にして二秒程度。

しかし、人間性を探るような、ねっとりとした視線を清川から向けられ、時間が止まっているような錯覚に陥った。

「綾音?」

「あ、いいえ、なんでもありません。さ、行きましょう凛香先輩」

訝(いぶか)しげに凛香に呼ばれた清川は、ササッと前を向いて歩き出した。

そうして何事もなかったかのように時間は流れていく。

けど、なんだろう……ちょっと嫌な予感がするな。

一章　幸運を呼ぶ黒猫の再来

My wife in the web game is a popular idol.

久しぶりに入る教室に懐かしさと新鮮さを感じる。

これまでは学校に来ること自体がめんどくさいと思うこともあったが、いざ久々に来てみると案外悪くないものだ。

俺は自分の席に向かい、腰を下ろす。

窓からの景色は悪くないし、なにより前方の席に座る凛香(りんか)の背中を眺めることができる。

よし、のんびりと朝の時間を過ごし――。

「にゃぁ」

……………にゃぁ？

猫の鳴き声だ。

しかも足にスリスリされている。

いやそんなわけないって、と思いつつ俺は屈(かが)んで机の下を覗(のぞ)き――なんかもうよくわからない感情がこみ上げた。

「にゃっ……ごろごろ」

奈々(なな)の飼い猫、シュトゥルムアングリフがそこにいた。俺の足に頭を擦りつけている。

「え、うそー……」

「にゃー」

机の下から出てきたシュトゥルムアングリフは、ぴょんと跳んで俺の机に乗った。

……これ、どうしたらいいんだろう。ありえない事態に、俺は混乱状態に陥った。

そんな俺の気を知らず、シュトゥルムアングリフは呑気に毛繕いを始める。

やばい、こんなところを誰かに見られたら――――。

「よお綾小路ぃぃいいいいい!? 猫!? 猫!? おい猫じゃねえか!!」

「た、橘、ちょっと静かに――――」

「綾小路が猫を連れてきたぁあああああ!!」

橘が興奮して叫んだことにより、教室内における俺の注目度が急上昇する。

クラスメイトたちが俺とシュトゥルムアングリフを見て、一斉に驚きの声を上げた。

ああもう収拾がつかなくなるぞ。まじで勘弁して。

「おい綾小路! ペットを連れてくるなんてどういうつもりだ!?」

「いや、この子は俺のペットじゃないんだ! 奈々の――――あ」

これは迂闊な発言だった。後悔する暇もない。

クラスメイトたちは――――。

「奈々? 誰?」

「待てよ、あの猫見たことがあるぞ。胡桃坂奈々のSNSで見たことがある。名前はシュトゥルムアングリフだっ！」

「変な名前ー」

「胡桃坂奈々って、あのスター☆まいんずのセンターを務める奈々ちゃん？」

「ペットを預かる関係？　親しそうに名前で呼んでたし……」

と勘繰り出す。まずいぞ、本格的にまずい状況になってきた。

……あ、シュトゥルムアングリフがペロペロと俺の手を舐めてくる。かわいい。

その直後、首筋に冷たい感覚が走った。

「えっ」

本能的な反応だろう、俺は凛香に視線を向ける。

案の定というべきか。凍りついた表情を浮かべる凛香が、こちらを睨んでいた。

そしてパクパクと口を動かし、声を出さずに話しかけてくる。

『ま　た　泥　棒　猫　に　デ　レ　デ　レ　し　て　る』

ち、ちが……違うんだ凛香。ああ、なんてことだ、こっちもいろいろとまずそうだ。

「これまさか、綾小路と胡桃坂奈々の熱愛発覚？」

クラスの誰かによる呟きが、不思議と教室全体に広がった。途端に静まり返る。

「おいおいみんな！　このネトゲばかりしてる男が、人気アイドルの奈々ちゃんとお付き合いしてるわけねえだろ！」

橘は声を張り上げ、クラスメイトたちに語りかけるように教室内を見回す。

しかし、またしても誰かが疑いの発言を漏らした。

それも、とんでもない方向の疑いを。

「そういえば橘と水樹凛香が、綾小路をめぐって争ったみたいな噂があったよな」

「じゃあその争いに橘が勝って、今は綾小路と橘が……？」

「なるほど、それで橘は必死に猫と綾小路の関係を否定してるんだな」

「ね、ねえ。ひょっとして水樹さんは今でも……！」

お前らの思考どうなってんだよ。同じ人間ですか？

さきほどとは質の違う静けさが訪れる。

クラスメイトたちは喉を鳴らし、俺と橘、そして知らぬ顔をする凛香に視線を注いだ。

「あのー水樹さん？　あのネトゲ廃人のこと、好きなんですか？」

とある三つ編みの女子生徒が恐る恐るといった感じで凛香に話しかけた。

「ええ、好きよ」

「――――っ!!」

教室にいるすべての人が息を呑む。

それほどまでに凛香はハッキリと答えたのだ。

「だって同じクラスの仲間ですもの。私は、このクラスにいるみんなのことが好きよ」

「あ、ああ、なーんだ。そういう意味でしたか……あはは」

安堵、というのが正しい。見るからにクラスメイトたちはホッと胸を撫で下ろす。

俺もドバッと噴き出た汗が冷えていくのを感じていた。

たぶん、たぶんだが……凛香は本気で『ええ、好きよ』と答えた。

その後、自分の発言をフォローするためにクラスのみんなが好きと口にしたのだろう。

「ていうことは、橘は争わずして綾小路の心を射止めたのか」

なんでだよ。だから、なんでそうなるんだよ。

「にゃっ」

突如としてシュトゥルムアングリフは窓枠に跳び乗り、ルートを探すようにきょろきょろと外を見下ろす。そして壁の窪みや出っ張りをうまいこと利用して着地した後、尻尾をふりふりさせて歩き、学校の敷地から出ていった。……あ、あの猫、自由すぎる。

「おい見ろ、切なそうに猫を見ているぞ」

「じゃあやっぱり猫を恋人に……」

このクラスには変人しかいないのか？　脳みそが宇宙に直結しているとしか思えない。

「違うわ！　かず――――彼は、あの泥棒猫――――いえ、黒猫を恋人にしてないわ！　これだけは！　否定する！」

勢いよく立ち上がった凛香は血を吐くように叫んだ。凛香……今は目立ったらダメだ。

クラスメイトたちに俺との関係を疑われるかもしれない。

「水樹さん、どうしてそう言い切れるの？」

「それは…………」

「やっぱり……あのネトゲ廃人のことが好きなんですか？」

凛香に尋ねている三つ編み女子生徒が、不安そうにチラッとオレを見た。

よく見ると、三つ編み女子生徒の凛香を見る目が熱っぽく潤んでいる。

「水樹さん……答えてください。ファンのためにも」

「私は……私は、知っているの」

「知っている？　なにをですか？」

「かず――彼は、ネトゲ内のキャラにガチ恋しているのよ！」

「えっ――――」

「偶然、立ち聞きしたの。彼が一人でボソボソ喋っているところをね。彼はネトゲ内のキャラに恋心を寄せているみたいで、うわ言のようにずっと好き好きと言っていたわ」

「え、ヤバい奴じゃんあいつー」

凛香ー！　その言い方は誤解を招くだろ！　しかも俺、一人でボソボソ喋ったことないし！　くそ、クラスメイトたちの冷ややかな視線が痛い！

「じゃあ水樹さんは、あのネトゲ廃人に特別な感情は抱いてないんですよね？」

「え……？」

「ないんですね!?」

凛香は詰め寄ってくる三つ編み女子生徒から視線を逸らし、口をモゴモゴさせる。

……凛香、ここは頷くしかない。ここで頷いておけば、いろいろ楽になる。

「――」

凛香が救いを求めるように、こちらに視線をやった。

俺と凛香の視線が交錯した瞬間、俺は深く頷いてみせた。

「水樹さん、どうなんですかっ」

「…………ええ」

ついに凛香は頷いた。悔しそうに唇を嚙み、涙をこらえるように目を細めて……。

「結局、あのネトゲ廃人は誰と付き合っているんだ？」

「奈々ちゃんか、橘か、猫か、ゲームのキャラか――」

「おーいお前ら、席につけー」

担任の先生がやってきたことにより、騒動の幕は閉じる。

つまり俺に説明する時間はなかったわけで……。

――あのネトゲ廃人は胡桃坂奈々と付き合っている。

――あのネトゲ廃人は橘と付き合っている。

――あのネトゲ廃人は猫を恋人にしている。

――あのネトゲ廃人はゲーム内のキャラ（NPC）に一方的な恋心を抱いている。

という、俺の人生を狂わせる噂が四つも立つことになるのだった。

夏休み明けから地獄の始まりである。

☆

「ほんとごめんねカズくん！　シュトゥルムアングリフのせいで……」

俺が凛香の部屋に来るなり、奈々は勢いよく頭を下げて謝罪した。

今日のことがあったので、俺と凛香と奈々は集まることにしたのだ。

土下座しそうな雰囲気を感じたので「奈々のせいじゃないよ」と言っておく。

「ううん。飼い主に責任があるから！　さあカズくん！　私を煮るなり焼くなり好きにして！」

その場で大の字で寝転がる奈々。隣に座るシュトゥルムアングリフが「にゃー」とかわいらしく鳴いた。なんだこの状況。

「あの後、クラスメイトたちから詳しく話を聞いたのだけれど、一番疑われているのは和斗とシュトゥルムアングリフの関係よ」

「なんでだよ」

まだアイドルとの関係を疑われる方が健全じゃないか。

「今の和斗はネトゲ廃人であり、動物に恋愛感情を抱く生粋の変態男ということになってるわ」

「やだ俺もう学校に行きたくない」

始業式から不登校になりたがるのは俺くらいなものだろう。

「……やっぱりシュトゥルムアングリフは和斗を狙っているわ。和斗を見るときの目が、女のそれなのよ。いえ、女というよりも――――」

「凛香（りんか）……シュトゥルムアングリフは猫なんだけど」

「猫だろうが関係ないわ。…………いえ、猫だからこそ問題よ。泥棒猫って言葉があるくらいだもの……」

凛香は落ち着きなく自分の腕をさする。本気で猫にライバル心を抱いているのか。

……本気なんだよな。俺を巡って口喧嘩（くちげんか）するくらいだったし（なぜか凛香が敗北した）。

「カズくん！　私を好きにして！　けじめは付けるよ！　だって私は……スター☆まいんずのリーダーだから！」

「いやこんなことで覚悟を見せられても……」

「にゃ」

シュトゥルムアングリフは奈々のお腹（なか）にぴょんと跳び乗り、丸まって気持ちよさそうに目を細めた。あ、かわいい。

「ぐ、ぅぅ……重いぃ。シュトゥルムアングリフ、最近ちょっとだけおデブちゃんになっちゃったんだよね。ダイエットさせなくちゃ」

　奈々は自分のお腹に乗ったシュトゥルムアングリフの頭を優しく撫でる。

「俺、手伝おうか？　奈々は忙しいだろうし、良かったら俺の家で預かってもいいよ」

「え、ほんと!?　ああでも、私との噂が流れてる状況で……」

「あーそうだな、ごめん」

「謝る必要ないよ！　ありがとね！」

　シュト（以下略）に乗られながら、明るく笑う奈々。

「…………シュトゥルムアングリフ、かわいいな」

「かわいいねー」

　奈々のお腹で丸くなったシュトゥルムアングリフに、俺と奈々はふにゃふにゃになった目を向ける。猫最高ー。

「……なぜかしら、無性に寂しいわ」

「「あっ！」」

　部屋の隅で体育座りしているクール系アイドルの方がいらっしゃった。

「どうしよカズくん。凛ちゃんが落ち込んでるよ」

「凛香を放置してシュトゥルムアングリフに夢中になってたからな……」

大の字で寝ている奈々と俺は、凛香に聞こえない程度にひそひそと話す。

「親友と夫を、同時に奪われる日が来るなんてね。それも猫に」

「いやいや！　俺が本気で好きなのは凛香だよ！」

「そうだよ凛ちゃん！　私も凛ちゃんのことが好きだから！」

……そういえば奈々と凛香はどんな結論を出したのだろう。

奈々の好きな人が凛香――その事実が発覚した後のことを俺は知らない。

雰囲気を見たところ、以前の関係に戻っているようだけど……？

「奈々、ありがとう……。でも和斗はどうかしら」

「俺？」

「私は頷いてしまったわ」

「え？」

「和斗に特別な感情を抱いていないか聞かれて、私は抱いていないと頷いてしまったの。妻として最低だわ」

「あの状況なら仕方ないよ」

「仕方ないとしても、私は……私を許せないわ！」

「お願い和斗！　私を罰して！　煮るなり焼くなり好きにしてちょうだい！」

そう勇ましく叫んだ凛香は大の字で寝転がってしまった。

いや人気アイドル二人でなにしてるんだよ……。

「はっ！　ひらめいちゃった！」

「奈々？」

突如立ち上がった奈々はドアに駆け寄り、門番のように立ちふさがった。

「で、出られません！」

「はい？」

「今この瞬間から、この部屋はカズくんが凛ちゃんに夫婦的な罰を与えないと出られない部屋になりました！」

「なんだそれ……。しかも夫婦的な罰ってなに？」

「そりゃもう夫婦ですることだよ～」

私の口から言わせないでよ～、と恥ずかしそうに体をくねらせる奈々。

「か、和斗が我慢できなくなったのなら……私頑張るわ。そもそも私への罰だから、私に拒否権はない……」

「凛香……」

「凛ちゃんの乱れた姿を……ごくりっ」

なんだろう、奈々がいろいろとまずいラインに行っちゃってる気がする。

凛香も凛香で変な覚悟を決めちゃった。

「夫婦的な罰、か……。どうしよ」

「カズくん！　凛ちゃんの上で腕立て伏せをして！」

「はい!?」

「それでね、腕を曲げる度にキスするの！」

「なに言ってんの!?　意味不明だし、それのどこが夫婦的な罰なんだ……！」

「いいから！」

「よくないだろ！」

「くっ……それが罰だというなら、私は受け入れるしかないわね」

「凛香？」

「和斗！　私の上で腕立て伏せをして！　私は罰を、その酷い罰を受け入れるわ！　さあ早く！　今すぐに！」

「めっちゃ乗り気！　罰を受ける人の態度じゃない！」

微妙に鼻息を荒くした凛香が、きらきらと期待に満ちた瞳を俺に向けていた。

「さあカズくん！」

「和斗！」

「……これさあ……もう俺に対する罰になってるんだけど」

「細かいことは気にしちゃダメだよ！　やるときは勢いに乗ってとことんやる！　それがアイドルってもんだよカズくん！」

「アイドルじゃないし。俺、アイドルじゃないし」

しかし俺は、俺にできる範囲でアイドル活動に励む凛香を支えると誓った。

それは凛香だけではない。

梨鈴にもそうだし、凛香との関係を繋げてくれた奈々のことも大切に思っている。

ということは……やるしかない。

俺は、凛香の上で腕立て伏せをするしかない……！

それが彼女たちのためになるのであれば！

「……わかった、やるよ」

俺は凛香に覆いかぶさるようにして両手を床につけ、腕立て伏せの姿勢になる。

なんだか変な気分だ。視界いっぱいに映る凛香の顔は真っ赤に染まっていて、なんか口をあわあわさせている。期待と羞恥で余裕がない様子だ。

「あ、ぁぁ……こんな明るい時間なのに……和斗の顔がこんな近くに……！」

「ひゃーっ！　燃えてきたよ！　さあカズくん！　一回目いっちゃおう！」

「………………」

ノリノリすぎだろ奈々……。

ただ、今の俺は腕立て伏せをするだけのマシーン。

肘を曲げ、凛香にキ、キスをする……っ！

覚悟を決めた俺は肘を曲げて、ゆっくりと顔を下ろしていく。

みるみる凛香の顔が近づいていく。

お互いの吐息がかかる。

あーこんな意味不明な勢いでキスしちゃうのか。

そう思った次の瞬間――。

「ダ、ダメよ！　やっぱりダメ！」

「え――」

俺の唇が触れたのは、凛香の手の甲だった。

キスされる寸前、凛香は手を差し込んだのだ。

「ま、まだ夕方にもなってないのよ？　それに……奈々に見られながらなんてそんな……ふしだらだわ」

「今さら？」

「ごめんなさい……。和斗が私に夫婦的な罰を与えたい、その気持ちは痛いくらい伝わったわ。私も受け入れるべきなのよね……。でもやっぱり、いくら夫婦だとしても、むやみやたらにキスするものではないわ。ごめんなさい、和斗」

「…………」

なんで俺が言い聞かせられている感じになってるの？

ノリノリだったのは凛香の方じゃん。

「んーそれなら、キスしないギリギリを保つのはどうかな、凛ちゃん」

「ギリギリ？」

「うん！　カズくんは、唇が当たらないギリギリまで何度も腕立て伏せをするの！」

「それなら……セーフね。お願いするわ和斗」

「あーうん、わかった。ここまできたら、どんなことでも付き合うよ」

きっとこういったこともアイドル活動の息抜きというか、良い感じの刺激になるのだろう。と、俺なりに前向きな解釈をしておく。

肘を伸ばし、ゆっくり曲げて、俺の唇と凛香の唇が触れないギリギリの距離を守る。

凛香の吐息がくすぐったい。もうドキドキ感が半端ない。

俺はなにしているのだろうか、と思いながら肘を伸ばす。また肘を曲げる。

その動作をくり返した。

「ぁぁ、和斗の顔が何度も何度も……！」

「どうかな凛ちゃん？　罰になってる？」

「ええ、とんでもない罰よ。こんなにも心を乱されたことはないわ。羞恥とドキドキ感が波のように押し寄せては引いて、また押し寄せてくるの」

凛香(りんか)の顔は興奮で真っ赤に染まっている。

潤んだ瞳から放たれる視線が、俺の唇に固定されていた。

きっと俺の顔も赤くなっている。それに腕立て伏せをしているので腕が疲れてくる。

ちょっと気を抜けば、ちゅっと行ってしまうだろう。

「カズくん。真面目な話だけどね、凛ちゃんとカズくんは学校では仲良くできない分、プライベートではたくさん仲良しするべきだと思うの。今みたいにねっ」

「もっと……他に方法あると思う……！」

「あ、腕立ては続けてねカズくん！」

「ぐくっ……！」

「それとね、凛ちゃんとも話し合ったんだけど、カズくんをメンバーのみんなに紹介しようと思うの！」

「わかった……！」

「もうすぐ他の三人が来るからね」

「わかっ——————は!?」

驚きのあまり、腕から力が抜けて凛香にキスしそうになる。

凛香の口から「あわわっ」と少し間抜けながらもかわいい悲鳴が漏れた。

「凛ちゃんとカズくんの関係をね、みんなに説明したの。もちろん凛ちゃんと一緒にね」

「それで……どうだったの？」

ネトゲで結婚すればリアルでも夫婦。

その凛香の考えを聞いて、どう思ったのか。そこが重要だ。

「みんな、受け入れてくれたよ！　だから大丈夫！」

「そう、なんだ……」

「私もびっくりしたわ。梨鈴の件もあったから、他のメンバーにも否定されるんじゃないかと心配していたのだけれど……拍子抜けするくらい、認めてもらえたの」

「それは良かった……。でも、今から会うのはいきなりすぎて……」

「善は急げ、やるときは次の瞬間。それがアイドルってもんだよカズくん！」

「だから俺はアイドルじゃない――――！」

「わかるわ和斗。妻の友達に会うのは、どこか気まずいものよね。でも安心して。仮になにを言われたとしても、私は和斗の妻であり、一番の味方だから」

「…………」

一番問題を招きそうな発言をしそうなのが凛香なんだよなあ。

次の瞬間、ドアから小さなノック音が聞こえた。

「あのねー！　梨鈴お姉ちゃんたちがきたよー！」

天使乃々愛ちゃんの声だ！

門番になっていた奈々はドアを開けて、「乃々愛ちゃんありがと！　凛ちゃんカズくん、私、行ってくるね」と言いながら部屋から出ていく。

どうやら奈々と乃々愛ちゃんはスター☆まいんずのメンバーを迎えに玄関まで行ったらしい。部屋に残されたのは、腕立て伏せ中の俺と凛香。

「あ、危なかった……。腕が限界だったんだ」

肘を伸ばしきった状態で、俺はホッと安堵する。

「最高の時間――いえ、心が激しく乱されるとんでもない罰だったわ」

「本音が隠しきれてないんですけど……まあいいか」

それよりも他のメンバーに会うということに緊張してくる。

「大丈夫よ。和斗は普段通りでいいから」

「うん……」

そうだ、変に意識して挙動不審になっては逆に悪い印象を持たれる。

普通にするんだ――。

「にゃぁ！」

「「えっ！」」

唐突だった。シュトゥルムアングリフが、ぴょんと俺の頭に乗った。

腕立て伏せによる疲労に加え、以前よりも重くなったシュト（以下略）。

踏ん張れなかった俺はガクンと体勢を崩してしまう。

「…………」

「…………」

唇に柔らかい感触。

俺は力強く唇を押しつけていた――凛香の唇に。

「凛ちゃん、カズくん～。みんなを連れてきたよ――えぇっ!?」

「……おいダメお兄、この私が来てやった――は？」

「うふふ、ついに凛香先輩の彼氏さん――失礼、旦那さんとお話を――なにしてんねん」

部屋の入り口に立っているのは三人の人気アイドル。奈々と梨鈴と清川。

彼女たちは、強烈なキスをする俺と凛香を見て各々に反応し、口をポカーンと開けた。

「「「「…………」」」」

完全に時間が凍り付き、空気が死ぬ。

誰も動けない。

俺の頭の上から「にゃぁ～ん」というかわいらしい鳴き声だけが聞こえるのだった。

☆

「カズくんと凛ちゃんがキス、キス！　どひゃぁあああああっ！　ぶちゅってキスしちゃってる!!　カズくんから!!　どひゃぁあああ！」

火山が噴火したような勢いで興奮する奈々は、俺と凛香を見て顔を盛大に赤く染めながらも視線を逸らすことはしない。

……どひゃあああってなんだ。そこはキャーじゃないのか。

「ねね！　どうしたのー？」

「……乃々愛ちゃん、見てはダメ。天使の目が汚れる」

「んぅ？」

無邪気に部屋の前へ来た乃々愛ちゃんだったが、すぐさま梨鈴に両目を手で塞がれた。その梨鈴も顔を赤くし、俺たちを見てハッとして目を固く閉じた。日ごろから生意気な態度が目立つ女の子だが、こういう直接的なことには免疫がなかったらしい。

「ちょっとあなた！　早く凛香先輩から離れてください！」

はっ――――！

唐突な事態に、かえって冷静に状況を分析してしまっていた。

清川の声で正気に戻った俺は飛び跳ねるようにして凛香から離れる。

頭に乗っていたシュトゥルムアングリフは「にゃん」と元気よく鳴いて部屋の隅に跳んだ。ほんとお前って猫は……！

「凛香、ごめん！　大丈夫？」

「大丈夫よ」

むくりと体を起こす凛香。真顔だ。平然としている。

さすがはクール系アイドル、仲間の前で取り乱すことはしない。

俺の方は顔が熱くてたまらないというのに。

「ところで和斗、さっきなにが起きたのかしら」

「え、と……その、シュトゥルムアングリフが俺の頭に乗って……それで、はい」

「なるほど。やはりそうだったのね。あれは事故で、事故で……唇に……ああ、みんなに見られて……っ！」

「凛香？」

「…………ふぁぁ」

「凛香!?」

真顔のまま、顔を真っ赤にさせる凛香。なんか湯気まで見えそうな赤さだ。

「ダ、ダメよダメよっ。こんな明るい時間帯なのに……それも、みんなに見られるなんて……ぁぁぁぁっ！」

まったく大丈夫ではなかった。凛香は頭を抱えて丸くなるという、まるで爆撃に備える姿勢になってプルプルと体を震わせ始めた。

……そういえば、いってらっしゃいのキスをしたときも、凛香は『んぁあああ！』って叫んでいたよな。今回はメンバーたちに見られたという羞恥も加わっている。

あの凛香が正気を保てるわけがなかった。

「うわぁあああ！　ごめんカズくん！　私、走ってきます！　全力でビューンって走ってきます！　わぁああああああ!!」

「え!?」

滾りすぎたのか、元気系アイドルの彼女は、その個性を存分に発揮して瞬く間に家から飛び出してしまった。

うそだろ、この状況でグループのリーダーが離脱しちゃうのか。

「ねー梨鈴お姉ちゃん？　なにも見えないよ？」

「……見てはダメ……見ては………見たく、なかった」

「んぅ？　梨鈴お姉ちゃん？」

「……私は、私にとって都合の良いものだけを見るようにしている。さっきの——は、致命的な一撃になった………ぐはっ」

全身から力が抜けたように、梨鈴はグシャリとその場に倒れた。

梨鈴の手が離れて視界を確保できるようになった乃々愛ちゃんは、そばで倒れている梨鈴を見て「んぅ？」と首を傾げる。

まさに阿鼻叫喚、地獄絵図。

奈々は全力で走り去り、凛香は体を丸めてプルプルと震えてなにかを呟いている。

梨鈴は死んだ。

唯一理性を保っている清川は、ムンクの叫びみたいに顔を絶望で歪ませた。

「あ、ぁぁ……私の愛する仲間が……次々と倒れていきますわ！」

「清川……これは、この状況は……！」

「だまらっしゃい！　この悪魔め！」

「ついに悪魔呼ばわり！」

俺も被害者だと思う。元をたどれば、意味不明な理由で俺に腕立て伏せをさせた奈々に原因がある気もする。いや、なにが原因かを考えても意味がない。

「私は凛香先輩の彼氏がどのような人か、ずっと気になっておりました！　はは、このような極悪非道とは思いもしませんでしたよ！　奈々先輩はあなたのことをスター☆まいんずの救世主だと褒めていましたが、なんてことない。あなたは、自分で作り上げた砂の城を蹴散らして遊ぶ、悪童ですわ！」

「悪童って……。これは事故、事故なんだ！」

「いいえ！　事故に見せかけた計画的な作戦ですわ！」

「はっ!?」

「あなたは愉悦を感じるために、凜香先輩とのキスを私たちに見せつけたのです！」

「そんなわけないじゃん！」

「凜香先輩はスター☆まいんずの支柱であり、私たちにとってかけがえのない存在……。そのことを理解しているあなたは、キスを見せつけたのです！」

「んなバカな！」

「道楽から私たちの心を崩壊させ、さらには凜香先輩を独り占めするつもりだったのですね！」

「…………」

恐ろしい発想の飛躍に、俺は何も言えなくなる。

こんな風に拡大解釈されて悪者に仕立てられた被害者が、世の中にはたくさんいるだろうな。

「なにかおっしゃってください！」

「…………」

「ちょっと!?」

「ご挨拶が遅くなり申し訳ございません。凜香さんとお付き合いさせていただいている、

「うそでしょう!? 何事もなかったかのように自己紹介!?」

「仕方ないじゃん! だって誰も俺の話を聞いてくれないんだもん!」

「メッ! 喧嘩しちゃメッ! かずとお兄ちゃんも綾音お姉ちゃんも、メッ!」

「乃々愛ちゃん――――!」

口角泡を飛ばす俺たちの間に、ムッと怒った顔をする天使が飛び込んできた。

「あのね、いつもの優しいかずとお兄ちゃんがいいなー」

「うん……そうだね。ごめんね乃々愛ちゃん。俺、取り乱してた」

乃々愛ちゃんの笑みを見るだけで心が浄化されていく。これが天使の力か。

微笑ましく思いながら俺は乃々愛ちゃんの頭を優しく撫でる。

「子供を前にしただけで、この様子……。あ、まさかっ――――」

清川の呟きを聞いた梨鈴が、倒れているにもかかわらず力を振り絞るように頭を上げ、
今にも死にそうな声で言う。

「……お兄……家でも、たまに私を変な目で見ることがある……」

「梨鈴さんにも? ということは……やはりロリコン!」

「……間違いない」

「違う! 乃々愛ちゃんは純粋にかわいくて……。梨鈴に関しては誤解だ! 俺は梨鈴を

そういう風に見たことは一度もない！」

「……酷い。私に女としての魅力がないって全否定した」

「外道！　あなたは鬼畜外道ですわ！　梨鈴さんの心を傷つけるなんて！」

「いやかわいいとは思ってるよ!?　梨鈴、すごくかわいい！」

「……声を大にしてかわいいと連呼……やはりお兄は……」

「ええ、確定ですわ！　ロリコンです！」

「ああもう！　何言ってもダメじゃん！」

何を言っても悪いように捉えられる。そうやって悪者に仕立てられた可哀想な人が、この世にはたくさんいるんだろうな。

「うふふ……これであなたがどのような人物か、ハッキリしましたわね！」

「ハッキリしてない！　頼む！　話を聞いてくれ！」

「聞くに値しませんわ！　どうやらあなたは、私たちスター☆まいんずにとって、史上最大の敵になるみたいですわね！」

「ああもう！　どうしてそうなる……っ！」

「私は……私だけは、何度でもあなたに立ち向かってみせましょう！」

「よしわかった！　お前は思い込みが激しい上に、人の話を聞かないタイプだな！」

さすがお嬢様系アイドルだ（偏見だけど事実）。

「次の文化祭で私と勝負しましょう！」

「勝負!?」

「ふふ、文化祭で勝負する日が楽しみですわ！」

「だからなんの勝負!?」

「今日は私の負けです！　しかし！　必ずや、あなたという障害を乗り越えてみせますよ！　この手で、凛香先輩をお救いします！」

演劇のような通った声で叫び、清川は決意に満ちた表情を浮かべた。

俺は「待て清川！」と呼びかけたが、清川は聞く耳をもたず家から去っていった。

もうほんと最低だ…………。

「……お兄、どんまい」

「梨鈴のせいでもあるじゃん……」

はぁ、と全力でため息を吐く。

スター☆まいんずのメンバーに挨拶するはずが、どうしてこうなってしまったのか。

なにからなにまでめちゃくちゃ。

ふと気配を感じて振り返る。

「――――ん？」

後ろに、プロレスみたいな覆面マスクを装着した女の子が立っていた。……は？

「え、え！　誰⁉　まじ誰⁉　こわっ！」

奈々と同じくらいの体格。全体的な体の細さや服の胸辺りが微かに膨らんでいることから、女性であることは間違いない。

凛香が俺の驚き声に反応し、冷静さを取り戻すようにコホンと咳払いしてから彼女について説明してくれる。

「和斗。彼女はKMさんよ」

「あ、KMさんかーってならないから。ほんと誰？　いつ入ってきたの？」

「他のメンバーと一緒に入ってきたわ。KMさんは騒ぎを見て気を遣ったのね……一言も発さず、部屋の隅で大人しくしていたわ」

「気を遣える人なんだ……じゃなくてさ、何者なんだよ」

「本気で言ってる？　スター☆まいんずのメンバーよ」

「えっ」

KMと呼ばれた覆面マスクの少女は、俺に向けてビシッとサムズアップした。

なんか明るそうな人だな。

「アイドルで覆面マスクのキャラとかありなんだ……」

その手のグループがいくつも存在するのは知っている。

ただ、スター☆まいんずというメジャーなグループに一人いるのは違和感があった。

「和斗は私たちのライブ動画を観てくれているのよね？　ならKMさんのことも知っているはずでしょう？」

「ごめん、俺……凛香ばかり見ているから」

「和斗……もう、困った夫ね」

ポッと頬を朱に染める凛香。廊下で倒れている梨鈴がボソッと「……あんな目立つアイドルに気づかないとか、お兄の目どうなってんの？」と呟いた。

「えと、KMさん。俺、綾小路和斗です。よろしく……」

「…………」

KMさんは俺に向けて元気よくサムズアップした。声出さないのか。

「ちなみにKMさんは声を出さないわ」

「うそだろ。じゃあ歌とかどうしてるの？」

「無言よ」

「無言！」

「その代わりダンスの実力はグループ一番。私も必死に努力しているけれど、KMさんの足元にも及ばないわ」

世間的な評価としても凛香のパフォーマンスはすごいと言われている。

歌で目立っているが、ダンスもかなり好評。その凛香にそこまで言わせるなんて……。

「でも私を含め、誰もKMさんの素顔を見たことがないの」

「リーダーの奈々も？」

「ええ。誰もKMさんの正体を知らない……。私たちは仲間なんだから、顔くらい見せてほしいけれど――」

ぶんぶんとKMさんは断るように首を横に振った。それを見た凛香は「そうよね」と悲しそうに項垂れてしまった。なんてことだ、こんな濃い子がいたなんて……。

もういろいろと方向性を間違えている気もする。

もはやスター☆まいんずというグループが闇鍋になっているじゃないか。

「…………っ」

KMさんは俺の肩をポンと叩き、重く頷いた。え、なに？

俺の困惑を無視し、KMさんは凛香の部屋から出ていく。

しばらくして玄関ドアの開閉音が聞こえたので、彼女も帰ったらしい。

「ほんとなんだったんだ……わからないことだけが増えていく」

グループ結成当時、スター☆まいんずの人気が出なかったのも分かる気がする。

迷走どころか宇宙の果てまで突っ走っているじゃないか。

「……お兄、KM様はともかく、綾音に認められるように頑張るしかない」

「あぁ……」

「……文化祭での勝負、頑張って」

「どんな勝負をするかも聞いてないんだけどな」

そもそも、その勝負に勝ったところでなにがあるの？

勝手に勘違いして暴走した清川から悪態をつかれただけなんだよなあ。

はぁ、と肩を落とした俺は力のない笑みを浮かべるしかなかった。

☆

スター☆まいんずのメンバーたちと顔を合わせた日から、早くも数日が経過した。

清川と話をして誤解を解きたいが、残念ながら予定が合わずに会うことができないでいる。凛香の話によると、俺は今も敵視されているらしい。

「まあ……あとは清川だけだよな」

奈々と梨鈴は俺と凛香の関係を認めている。

すべてにおいて謎だが、ＫＭさんからも好意的に接してもらえた。

これで清川に認めてもらえればメンバー公認の仲になるわけだ。

「というわけで、文化祭の出し物を決めます」

俺の思考を遮る形で、声が響いてきた。黒板の前に立つ三つ編みの女子生徒だ。

もうじき開かれる文化祭で何をするか、クラスで話し合う時間だったことを思い出す。

「適当にお化け屋敷とかでいいんじゃね？」

「え、他のクラスと被りそう」

「別にいいじゃん」

教室のあちこちから聞こえてくる声は、どれも投げやりと呼ぶべき雑な発言だった。

正直、俺としても何でも構わない。今は他に解決すべき問題がある。

「みんな、いいかしら」

まとまりのない雰囲気の中、スッと手を上げたのは凛香だ。

凛香は静かに立ち上がり、クラスメイトたちの注目を集める。

「私は去年、ライブで文化祭に参加できなかったの。でも今年は参加できる。……なにが言いたいかというと、今年の文化祭はみんなと充実した時間を過ごしたいの」

凛香の透き通った声に、クラスメイトたちは茶化すことなく耳を傾ける。

「妥協せずに全力で取り組もうと言っているわけではないの。ただ、意図的に手を抜くのはやめましょう」

「…………」

適当に楽をしてやり過ごそう……そんな雰囲気が出来上がりつつあった教室だったが、凛香の言葉でピシッと引き締まった。すごい、これがクール系アイドルの力。その辺の人が同じ言葉を発しても、こうまで効果は得られないだろう。

なによりも、これまで孤立していた凛香の発言。

クラスに馴染めず、読書ばかりしている人気アイドルから『みんなと充実した時間を過ごしたい』と言われては真剣になるしかない。

「…………」

誰も喋らなくなる。真剣な雰囲気になりすぎて発言が難しくなった。

そんな中、あの空気を読まない男——橘が平然と声を上げる。

「じゃあ何するんだよ。水樹、何か案あるのか？」

「……喫茶店とか、どうかしら」

「定番だな。他の奴はどうだ？」

「メイド喫茶にしよう！　僕の計算によると、メイド喫茶だと繁盛する確率は１００％だよ！　なんせこのクラスには水樹さんがいるからね！」

「「「——！」」」

男子たちの発する雰囲気が露骨に変わった。

あのクール系アイドルがメイドになる——。

男たちの心に火をつけるには十分らしい。

当然、その雰囲気を敏感に察する女子たち。

「反対ー。理由？　きもいから」

「メイド喫茶って……女に働かせる気満々じゃん。ふざけんな」

「待ちたまえ！　僕の話を聞くんだ！」

「斎藤うっせー」

「いいかい？　文化祭でメイド喫茶はお約束なんだよ！　僕が読んできたラノベでもそうだった！　ほぼ確実に、ヒロインはメイド服を着る！　仮にメイド喫茶ではなかったとしても、なにかしらのコスプレはするんだ！　僕の計算によると――――」

「うっさい！　急に暑苦しいオタクになるなっ！」

女子の一人から怒声を飛ばされ、斎藤は「うっ」と我に返って黙り込む。

斎藤、ああいうところあるよなぁ。自分の好きなものや得意ジャンルの話になると、相手を置き去りにして喋る。俺や橘といった友達が相手なら問題ないし、面白いけど――。

「ねえ、斎藤が怖いんだけどー」

ざわめく女子たち。普通に引かれてしまっていた。

「斎藤くんの熱意はともかく、私もメイド喫茶は良いと思うわ」

「水樹さんがそう言うなら……」

「でも男子たちの目がヤバい」

「結局、女にコスプレさせて喜んでるだけじゃん」

「てか客の前に出て働くの女だけ？」

と様々な否定の言葉が飛び交う。女子たちの間で不愉快な気持ちが瞬く間に伝播していく。これは……まずい空気だ。早くも失敗しそうな予感。

「あ」

ふと、うつむく凛香の姿が目に入る。

いつもは綺麗に伸ばした背筋を、今は不安そうに丸めていた。

表情は確認できない。しかし悲しみの表情を隠すように真顔になっている気がした。

――このままで、いいのか？

いや、よくない。俺は凛香に楽しく過ごしてほしい。

そのためにも……！

「……ネトゲ廃人？」

気づけば俺は手を上げており、黒板の前に立つ三つ編み女子と目が合っていた。

クラスメイトたちも俺に顔を向ける。……やばい。やっぱり注目されると緊張する。

みんなに見られるのは苦手だ。最近は噂が原因で、俺はクラスメイトたちから変に意識されるようになっている。かなり、きつい。

「――」

凛香と目が合う。凛香はどこか心配そうな表情を浮かべ、俺を見守っていた。

そうか、これか。これが凛香が普段から目にしている光景。

その場にいる人たちから注目される。発言を聞かれる。

いや凛香の場合、これとは比べものにならない規模で多くの人の視線を集めている。

「おい綾小路（あやのこうじ）？」

「綾小路くん？」

唯一の男友達からも心配された。あの二人は、神経がぶっといから注目されても平気なんだろうな。そう思うとなんだかおかしく思えて、ふわっと気持ちに余裕が生まれた。

自然な感じで俺は口を開く。

「メイド喫茶で女子たちが不満に思ってることは、女子だけがお客さんの前に立たされることと……女子だけがコスプレすること、だよな？」

「まあ、うん。あと男子たちがメイドに分かりやすく反応してるのがきつい。斎藤の熱量がきもいってのもあるけど」

ひどいじゃないかっ！と斎藤が叫んだ。俺は気にせず発言する。

「ならさ、執事喫茶とかどう？」

「執事喫茶？」

「そう。それなら男女そろってコスプレできると思う。メイド服を着ていることで変な意識されることはないだろうし、男と女関係なくお客さんの前に立って働くことになる」

「それなら……いいかも？」

思ったよりもあっさりと好印象を得られた。女子たちの空気が平和に傾いていく。

メイド喫茶を激しく主張した斎藤も「執事喫茶……それも悪くないねっ！」と喜んでいた。他の男子も同様。ただ、納得してもらえるのは嬉しいけど、今だけは過剰な反応をしないでほしい。

「この感じ、執事喫茶で良さそう。じゃあ決まり」

三つ編み女子は、そう言って場をまとめた。誰も異論を挟まない。

これで執事喫茶に決定。俺は椅子に座り直し、改めて緊張する。

まさか俺の意見が簡単に通ってしまうとは……。

多分、女子たちも本当は飲食店とコスプレをしたかったんだろうな。

けれど斎藤の熱意がありすぎる喋り方と男子たちの素直な反応で、余計な反感を買ってしまったのだろう。提案の仕方は大事だ。ネトゲでも何度か思ったことがある。

「執事喫茶をするにあたって、誰がリーダーになる？　役割分担、衣装の用意、スケジュール……その辺を管理する人が必要なんだけど。あ、私は無理」

三つ編み女子の発言に、またしても教室内は静まり返る。

めんどくさいことは誰もしたがらないのは当然か。

……よし、やるか。もう勢いに任せて俺がやってしまおう。

これも凛香のためだ。心臓の高鳴りを自覚しつつ、おずおずと手を上げる。

「ネトゲ廃人？　ネトゲ廃人がするの？」

「執事喫茶を言い出したのは俺だし……やるよ」

「意外。そういうタイプには見えないけど……わかった。おねがい」

こうして黒板に『執事喫茶』と大きく書かれ、その隣に『リーダー　ネトゲ廃人』と書かれた。……なんで？　名前で書いてくれよ。

ていうかあの三つ編み女子、ずっと俺をネトゲ廃人と呼ぶんだけど。

「ネトゲ廃人頑張れよ！」

「頼むぞネトゲ廃人！」

……………………。

クラスメイトたちからの温かい応援が心に染みる。ほろりと涙が出た。

☆

あだ名、みたいな感じだろうか。俺はクラス内で『ネトゲ廃人』という呼び名で定着してしまった。絶望的だ。帰り際では「じゃあよろしくネトゲ廃人！」「頑張ってね！ちょっとは協力するから！」と複数人のクラスメイトから声をかけられた。

始業式の日以来、噂の一件で俺はクラス内において目立つ人物になりつつあったが、文化祭のリーダーに立候補したことでそれが決定的になった気がする。

『頑張ってねカズ！　私にできることがあったなら何でも言ってね！　妻として協力するから！』

下校中。俺は凛香――いや、リンとチャットをしていた。

『ありがとう。困ったことがあったら相談するよ』

『うん！　なんたって私はカズの妻だから！』

やたら妻を強調するリンの返事。いつもの感じに、ちょっと笑ってしまう。

『それにしてもカズ、さすがだね！　対立しそうな雰囲気だったのに、一瞬でまとめて執事喫茶にしたんだもん』

『さすがってほどではないけど……あの雰囲気、ネトゲでも何度か経験したからなぁ』

グループで行動していると、意見の衝突や些細な感情のすれ違いから喧嘩になることがある。お互いに落としどころを見つけられず、そのまま喧嘩別れ……みたいな場面も見てきた。

『カズはリーダーに向いてるんだよ！』

『向いてないよ。目立つの好きじゃないし、他人を導くのは無理だ』

『そうかな？　ネトゲでのカズを見てると、むしろ適正だと思うよ！　初心者に優しく遊び方を教えたり、グループのリーダーになってボスを攻略したり……今ではカラスの止まり木のギルマスもしてるよねっ！』

あーたしかに……。気づけば俺はネトゲ内において人の前に立つ存在になっている。

でもそれは長年遊び続けた結果だ。リアルでも同じことができるとは思えない。

『ごめんねカズ！　今から忙しくなる！』

その言葉を最後に、リンとのチャットは途絶えた。

これから凛香はアイドル活動に励むのだろう。俺も……頑張ろう。

自らリーダーに立候補した以上、弱気になるのはよくない。

なによりも凛香に最高の思い出を作ってほしい。

「よしっ！」

決意を新たに、通りかかった自動販売機に向かう。

適当に缶ジュースを購入し、手に取ったときだ。

「こんにちは、先輩」

「…………清川」

すぐ隣に、上品な微笑を浮かべる清楚な女子が立っていた。

お嬢様系アイドルの清川。この間見せた暴走勘違いモードの片鱗は一切なく、落ち着いた雰囲気を醸し出している。間違ってもムンクの叫びみたいな顔はしていない。

「お話、よろしいでしょうか」

笑みを崩さず、清川は少し離れた先に止まっている黒い車にチラッと目をやった。

「……ああ、うん」

なんだか嫌な予感がする。でも話をしない選択肢はない。誤解を解くきっかけにもなるだろう。なにより清川の話が気になった。

ともに黒い車へ赴き、乗り込む。後部座席で清川と並んで座った。香水のような優しい匂いがふんわりと車内に漂っている。なんか心臓がバクバクしてきた。

車は静かに動き出し、窓の景色が流れていく。

どんな一言から始まるのだろう。意外にも清川は先に頭を下げた。

「先日は酷く取り乱してしまい、誠に申し訳ございませんでした」

ほんとだよ。という言葉はグッと呑み込む。代わりに柔らかい表情を作ってみせた。

「いいんだ。俺も動揺してた」

「……私は、あなたという人間について知りたかったのです。そしてこの数日間で、あなたのことを調べ上げました」

「そ、そっか。なら誤解は解けたかな」

「ええ、あなたがとんでもない変態だということがわかりました」

「……………は？」

「噂、聞きましたよ。奈々先輩とお付き合いし、橘という男性ともお付き合い、挙句に猫ともお付き合いしている……恐ろしい人ですね」

「全部でたらめだ！　なんていうか……いろいろあって、そんな変な噂が流れたんだ！」

「私はバカではありません。でたらめなのはわかっています。しかし噂が流れるにも理由はありますよ。いい人の悪い噂は中々流れません。あなたは以前から変人扱いをされていたのでは？」

「されてない……と思う」

「ほう？　高校入学当時から、あなたはネトゲに執着する変人として有名だったそうですよ？」

「うっ……」

そういえば一年の頃、俺はクラスメイトたちから遊びに誘われても『ネトゲのイベントがあるから……』と断っていた。当然、次第に誘われなくなった。

そんなことをしていたんだ、多少の悪評が立ってもおかしくない。

「さらには、課金をするためにお昼はゆで卵一個で我慢しているとか……」

「はい……」

「めちゃくちゃ、ですわね」

「………」

なにも言い返せない！　自堕落な生活を送っていたのは事実。

「そもそも凛香先輩からの好意を当たり前に受け取れるのがおかしいですわ。人気アイドルと自分では釣り合わないと思いませんの？　いくらネトゲで夫婦とはいえ、リアルにおいては多少なりとも立場を気にしてしまうものでしょう」

「まあ気にする。結構悩んだよ。……奈々に、背中を押してもらえたんだ」

「奈々先輩は随分と協力的でしたね。梨鈴さんもあなたのことをダメお兄と言いながら慕っている様子でしたわ。ＫＭ先輩はサムズアップしていました」

「………………」

ＫＭさんが謎すぎる。それは口に出さず、別の疑問を清川にぶつける。

「ネトゲで結婚したらリアルでも夫婦、その凛香の考え方については……どう思っているんだ？」

「素晴らしい考え方だと思います。匿名の環境では先入観を抜きにして話し合えますからね」

「…………凛香と同じ考えなんだ」

良かった。ホッと胸を撫で下ろす。

一番避けたいのは、やはり凛香とメンバーが対立することだった。

「アイドルが恋愛をする……当然リスクは高いです。しかし恋人が心の支柱となり、結果としてパフォーマンスが上がるのであれば問題ないと思います。ファンにバレることは避けなければいけませんけど」

「うん…………」

「凛香先輩は、あなたとネトゲで出会ったことで覚醒しました。梨鈴さんも以前よりも柔らかくなったように思います。それは事実」

……しかし、と清川は続ける。

「付き合いの短い私は、あなたという人間がわかりません。本当に凛香先輩をお任せしていいのか、ダメなのか……。あの凛香先輩が選んだ人であれば、と思いますが……あなたに不安材料が多いことも確か」

「……」

「私たちに、凛香先輩とのキスを見せつけるぐらいですから」

「あれは事故だ！」

「まあともかく、私はあなたのことをもっと知りたい。凛香先輩とお付き合いしていることもそうですが、あなたはスター☆まいんずに対して影響力が強すぎます」

「俺が？」

「自覚ありませんか？　奈々先輩から救世主と尊敬され、凛香先輩から人生を捧（ささ）げるほどの好意を寄せられ、梨鈴さんから家族としての情を向けられ、ＫＭさんからはサムズアップされて……」

「ごめんサムズアップはどうでもよくない？」

「あなた次第で、スター☆まいんずは崩壊します」

「っ！」

強烈な言い方に、ハッとさせられた。

「望む望まないにかかわらず、今のあなたには責任があるのですよ」

「そっか……」

「私があなたという人間を知りたがる理由、これで理解していただけましたか？」

「うん」

清川の気持ちは俺でもわかる。俺という存在は無視できない。

考え方によっては、ある意味で俺がグループの核にもなっている。

「人の真価を測れるのは、真剣勝負のときでしょうか。先輩、前にも申し上げましたが
……私と文化祭で勝負しましょう」

「どんな勝負？」

「私とあなた、どちらが凛香先輩を楽しませることができるか……という勝負です」

「それは――」

「ええ、数値化はできません。勝敗をつけるのは難しい。そこで文化祭では一緒に回りま

しょう。私と凛香先輩、あなたの三人で」

「わかった……その勝負で清川に納得してもらえるなら受けるよ」

アイドル活動に励む凛香たちに、余計な気苦労はさせたくない。もっとも理想なのは、メンバー全員が俺と凛香の関係を素直に受け入れること。むしろ勝負の提案はありがたかった。

「ありがとうございます。私の気持ちを理解し、勝負を受け入れてくれる……あなたが優しい人間だということはわかりました」

「優しいってほどでは――いや待ってくれ。今気づいたんだけど、俺は凛香と行動をともにできない。一緒に文化祭を回ったら騒ぎになる。俺は凛香を楽しませることはできないんだ」

「そうですわね」

「そうですわねって……勝負にならないぞ」

「あなたの事情は、あなたの方で解決してください。勝負を受けた以上、今さら言い訳は見苦しいですわ」

「でも――」

「あらあら、このままではあなた、勝負の土俵に上がることなく負けてしまいますわね」

うふふ、とあくどい笑みを浮かべる清川。まさか……それを狙って？

「もちろん、強引に凛香先輩を喜ばせようとはしないでくださいね。凛香先輩とあなたの関係が周囲にバレたとき、誰が一番悲しい想いをするのか……」

「それは分かってる」

「………では、負けた方は逆立ちでグラウンド一周するということで」

「はっ!?」

「うふふ……勝負にリスクはつきものですよ」

「だけど……!」

ただでさえ俺はクラスメイトたちから変人扱いを受けている。

もし逆立ちでグラウンド一周してみろ、もはやクラスにとどまることなく、学校中の生徒から認知されて変人扱いされるぞ。リスクが、大きい。

アイドルをしている清川の方が罰ゲームを実行したときのリスクは大きいが、ほぼ俺の負けが確定している勝負。実質、清川はノーリスクだ。

「卑怯だ……」

「卑怯? 勝負とは、いかに相手の嫌がることをするか、ですわよ」

得意げになって言う清川に苛立ちを感じたが、俺はグッと堪えて口を閉ざす。

ネトゲのPVP（対人戦）でも同じことが言えるからだ。でもその考え方は、本気で勝ちに行くときだ。楽しむときの考え方ではない。清川は俺を――――。

そのとき、減速していた車が止まった。車から降りた運転手が、俺側のドアを開けてくれる。

「着きましたわよ、先輩。文化祭で勝負する日を楽しみにしておりますわ」

「……」

「いえ違いますわね。あなたが逆立ちでグラウンド一周するのを、楽しみにしてますわ」

「俺の人間性を知りたいとか言ってたけど、本当は嫌がらせをしたいんじゃないか？」

「それは被害妄想ですわね。私は凜香お姉さま――んふっ、失礼」

「……お姉さま？」

「聞き間違いですわ。私は凜香先輩の恋人であり、スター☆まいんずの運命を握る人間のことを知りたい……ただ本当にそれだけですのよ」

本人がそう言い張るなら、こっちはこれ以上疑えない。

「清川」

「なんでしょうか」

「俺は凜香を支えるつもりでいるし、できることならスター☆まいんずの力にもなりたいと思っている」

「……ほう」

「必ず、俺のことを認めさせる」

「……意外にも負けん気が強いのですね」

負けん気の問題ではない。

俺は清川から「さあ行ってください」と言われ、車から降りた。

「あ、そうそう。勝負の件について、凛香先輩にはご内密に」

「わかってるよ」

清川としては知ってほしくないだろう。俺の返事を聞いて満足そうに微笑む清川。

運転手は運転席に戻り、車を発進させた。遠ざかっていく黒い車。

「すんなりと認められるわけがない……か」

奈々と梨鈴が優しすぎただけの話。

まだ歩み寄ってくれる分、清川でさえもマシだろう。

そして……。

「どこだよ、ここ」

まったく見覚えのない街で、俺は困り果てるのだった。

以前よりも過ごしやすい気温になり、文化祭を意識する時期に差しかかる。

放課後を迎え、俺は頭を悩ませることになっていた。

「ネトゲ廃人～。衣装を作れる子、確保したよ。でも人数分作るのはスケジュール的に難しいっぽい」

「わかった。借りられるあてがあるから、いざとなったら俺がなんとかするよ」

俺の返事を聞いた女子は納得したと頷く。すぐに別の女子から話しかけられた。

「ちょっとネトゲ廃人。構想、もうちょい練った方がいいかも。メニューも寂しいし、内装とかも……」

「そうだなぁ……みんなからアドバイスもらうか。あとで意見を集めて、俺なりにもう一度まとめてみるよ」

「ネトゲ廃人ー」

「ちょっと待って。みんなネトゲ廃人って言うけど、俺、まだマシな方だから。ガチのネトゲ廃人は一日二十時間以上ネトゲするから」

クラスメイトたちが気安くネトゲ廃人と呼んでくることに、我慢できなくなった俺は軽い抗議をする。しかし残念ながら、からかうような笑みを向けられるだけだった。

こりゃあダメだな。もう受け入れるしかない。

俺は自席に戻って「はぁ」とため息を吐く。

「人気者じゃないか綾小路くん。おっと、ネトゲ廃人と呼んだ方がいいかな」

「うるさい斎藤……」

タイミングを見計らったように近寄ってきた友人にからかわれ、辟易する。

「あ、そうだ。相談したいことがあるんだ。執事喫茶とか、詳しいだろ？」

「メイド喫茶の方が詳しいけど……そうだねぇ、そっちもいけるよ、僕は」

クイッとメガネを持ち上げ、斎藤はニヤリと笑った。

俺たちは机に紙を置き、適当にネタを挙げていく。

その途中、クラスの男子が近寄ってきた。普段話さない相手だ。

「なあネトゲ廃人。お前、ほんとは誰と付き合ってんの？　奈々ちゃんと付き合ってないよな？」

「誰とも付き合ってないよ」

自称お嫁さんの人気アイドルとは付き合ってるけど。

「なら橘とか猫とかネトゲのキャラとか――」

「それもない！　絶対にない！」

「へへ。それを聞けて安心したわ。ま、ねえよなっ。ありがとよネトゲ廃人」

そう言って、男子は安心したように笑い、スタスタと自席に戻った。

……………ん？

ふと、数人のクラスメイトたちから見られていたことに気づく。

さっきの会話を聞いていた様子。そのクラスメイトたちは再び自分の作業に戻ったが、俺は妙な注目をされていることに居心地の悪さを感じた。

「斎藤」

「なんだい？」

「なんか俺、変な感じで見られてない？　目立ってる……とは少し違うっていうか」

「元々だよ」

「え？」

「これまで君は目立たないように振る舞っていたけど、以前から変人として見られていたよ」

「……やっぱりそうなのか」

清川(きよかわ)の言っていたことは正しかったようだ。斎藤まで言うなら事実なんだろう。

「しかも最近は噂(うわさ)に加え、文化祭のリーダーに名乗り出たからね」

「………ま、そうだけど」

「いいじゃないか。好意的ないじられ方だよ」

「いじられるのは苦手だ……！」

なるべく目立たず、ひっそりと生きたい。それが俺。

「急に前に出るようになって、一体どういう心境の変化だい？」

「……俺なりに、できることをやってみようって思っただけ」

すぐそばに頑張っている人がいると、少なからず影響を受けるんだろうな。

「少し、いいかしら」

すぐ隣に凛香（りんか）が立っていた。よそ行きの顔、と言えばいいのか。

つねに冷淡な表情を顔に張り付ける凛香だが、俺の前では優しさと温かみを滲（にじ）ませている。しかし今の凛香の顔からは、そういった感情が窺（うかが）えなかった。

「申し訳ないけれど、今日はこの辺で帰らせてもらうわ」

「アイドル活動？」

分かりきった質問を投げかける。当然のように凛香は頷いた。

「ええ。ごめんなさい」

「いいよ。少しの間だけでも残ってくれてありがとう」

別に凛香が抜けても責められることはない。そもそも教室に残っているクラスメイトは半数にも満たないのだ。俺を含めて男子は三人、女子は五人しか残っていない。大体は部活で抜けている。まあ本格的に準備が進めば、今よりも多くのクラスメイトに残ってもらえるだろう。今はスケジュールと役割分担を考えている最初の段階だ。

「…………凛香？」

なぜか凛香は教室内を軽く見回し、不満そうに唇を尖らせた。

「なんでもないわ」

理由を明かすことなく、凛香はクルリと俺に背中を向けて歩き出す。

……どうしたんだろう。真相は、翌日の昼休みに明かされた。

☆

「もやもや、するわ。和斗は魅力的だからモテモテで当然……くっ、複雑ね。女たちから言い寄られる夫を見てることしかできないなんて」

なにやら向かいに座る凛香が、不満そうにぶつぶつと呟いていた。

昼休みになった現在、久々に旧校舎の一室で凛香と過ごしている。

目の前の机には、すでに空になった弁当箱が置いてあった。

凛香の手作り弁当を口にしたのも久々だ。

夏休みが明けてから、人気アイドルとして忙しい凛香は、お弁当を作る暇がなかったらしい。申し訳なさそうに謝られたが、逆に俺の方が申し訳ない気持ちになった。

「聡子さんも言っていたじゃないの……。彼女ができて余裕が生まれた男はモテやすくなる、と。いえ、私は彼女ではなくて妻だから――」

「凛香？」

お弁当を食べ終えてから、ずっと独り言を言う凛香に不安を感じ、ついに声をかけた。

「これまでの和斗は、前に出ない男子だったわ」

「うん」

「だから和斗を気にかける女子たちも話しかけづらい状況だったのよ」

「うん？」

「あら、あれだけ私が言ったのにまだ気づいてないの？　和斗は、とてもモテているわ」

「ネトゲ廃人って呼ばれてる俺が？」

「それは親しみを込めての呼び方よね。距離感を縮めるために、あえて軽いあだ名をつける……よくあることよ」

「軽いあだ名っていうか、蔑称なんだけど」

わりと気楽にみんな言うが、本来は蔑みを込めた言葉だ。

「男子と女子、どちらから話しかけられることが多いかしら」

ちょっと悩み、口を開く。

「………女子、かな」

「ほらやっぱり」

「文化祭の準備だし、そうなるよ」

何も用事がないくせにサボりたがる男子もいるしな。その点、女子は協力的な子が多い。

「どうかしら。別に聞かなくてもいいことを、和斗に話しかけるためにわざわざ聞いてい
る女子もいるわ」

「考えすぎだと思うけど……うーん」

「今の和斗はリーダーとしてクラスの中心に立っている。それにネトゲ廃人という呼ばれ
方で親しみもある。以前から和斗に好意を寄せていた女子たちは、ここぞとばかりに和斗
にアピールしてるのよ！」

「そうかなぁ？」

「結婚してるのに……和斗は私と結婚してるのに……」

子供みたいにぷくぅっと頬を膨らませる凛香。そして震える声で言う。

「き、きき、キスだって……何度もしてるのよ？　お、おぉお風呂だって一緒に入っ
たし……同じベッドで寝て、ベッドの下でも一緒に寝たわ」

「えと……？」

「そ、それなのに……それなのに……！」

「凛香？」

「もう我慢ならないわ」

「なっ――――」

スッと立ち上がった凛香は、ゆらゆらとした足取りで机を回り、椅子に座っている俺の隣までやってくる。

なんだろう？　と首を傾げていると、凛香は一瞬の躊躇いを挟んだ後、俺の両肩に手を置き、俺の膝を跨いだ。

「え――――」

そのまま凛香は腰を下ろし、向き合う形で俺の膝に座ってしまった……！

突然のことで驚きを隠せない。目と鼻の先にある凛香の顔は真っ赤で、恥ずかしがっているのは明白。なのに凛香は拗ねたように唇を尖らせ、真っすぐ俺の目を見据えていた。

「か、和斗にこんなことできるのは、妻の私だけ……！」

「いや、ちょっと……えぇ」

「いい、和斗？　膝に乗せていいのは、妻である私だけなんだから」

独占欲むき出しの発言だった。俺は思わずコクッと頷く。

「まだ明るいのに、積極的……」

「し、仕方ないじゃないの。和斗が……悪いのよ」

「俺？」

「ええ、全部和斗が悪いの。許さないわ」

理不尽だなー。と思ったけど、なぜか悪い気はしなかった。

なんだか甘えてきてるみたいで、かわいらしく思えたのだ。

「どうしたら、許してくれる？」

「そうね……愛してると言って」

「…………」

うっと息を呑む。さすがに恥ずかしい。

「和斗？」

「それは…………」

「夫婦なんだから、愛を伝え合うのは当たり前のことよ」

「…………」

凛香の顔を直視できず、俺は顔を背けてから口を開く。

「…………愛して、ます」

顔が熱い。溶けそうだ。なんだこのベタベタなやり取りは……！

甘酸っぱいというより、恥ずかしい。雰囲気の問題だろうか。それとも学校だからか。

これまで凛香と接してきた中で、一番恥ずかしかった。

「……っ」

チラッと凛香の顔を見て気づく。……さっきよりも赤くなっていた。

「凛香、顔真っ赤」

「……和斗のせいよ」

「また俺のせいにされちゃった」

それから凛香は何も言わず、俺の膝に座ったままジーッとうつむいていた。

無言で密着した時間が続いているが、居心地の悪さは感じない。

むしろ互いの存在に集中し、今という時間をどっぷりと堪能していた。

「ねえ、和斗」

「ん？」

「和斗と文化祭を回りたいわ」

「……」

「ごめんなさい、わがままだったわね……。できるはずがないのに」

漏らしてしまった本音に凛香は後悔している。ギュッと口を閉ざしてしまった。

俺は、あのことを言ってしまいそうになったが、思いとどまる。

まだ絶対ではないから言えない。

「そうだわ。和斗に言わなくちゃいけないことがあるの。大事なことよ」

暗い雰囲気を塗り替えるように、凛香はパッと顔を上げた。

「なに？　なんか聞くの怖い」

「文化祭のことよ。実は他クラスから助っ人をお願いされたの。お化け屋敷をするから、幽霊を演じてほしいって……。助っ人はほんの少しの間でいいらしいわ」

「わかった。またあとで時間調整する」

「ありがとう和斗。でも少し悩みがあるの」

「なに？」

「演じる幽霊のことよ。彼氏に振られて絶望し、亡くなった女性の幽霊を演じるの」

「結構具体的」

「テーマをちゃんと決めてるのね。でも私、彼氏に振られたことがなければ、彼氏がいたこともないの。役に入り込むのが難しいわ……」

いるよ、彼氏いるよ。目の前にいるよ。なんなら彼氏の膝に座ってるよ。

俺は苦笑いさえも我慢し、代わりに素直な称賛を口にする。

「すごいな凛香。文化祭でも全力なんだ」

「文化祭だからこそよ。きっと良い体験になるわ」

明るい未来――活気あふれる文化祭を想像したらしく、凛香は薄く微笑む。

その顔を見ただけで、より頑張ろうって思えた。

「和斗、一度幽霊の演技を見てもらっていい？」

「うん。一度と言わず、何度でも付き合うよ」

「ありがと。じゃあ……」

凜香は、前髪を顔に垂らす。

前髪の隙間から見える両目がグルンと上に向き――白目を剝いた。

怖い、怖すぎる。クール系アイドルがしていい顔じゃない。まさしく怨念の化身だ。

そして凜香は口を力なく開き、「……カッ……アッ……ウ……ッ」と、金属がこすれているような、歪な軋む音を発した。

「り、凜香――」

「ヴ……ッ……ぁ……ど、どうして……和斗……和斗ぉおおおお!!」

「ひぃっ!!」

今にも首を絞めてきそうな凜香の怨念が迸る迫力に、サーッと全身を巡る血が凍りつく。

怖くてちびりそうだった。

☆

「わぁ……。水樹さん、かっこいい」

「やっぱりとても似合うね、水樹さん！」

遠巻きに見ている男子たちからも「すげ……」「クール系アイドルの執事姿を見られるって超レアじゃね？」「かっこよくて、かわいい……！」という声が上がっていた。

とりあえず執事服を一着優先で作ってもらったので、それを凛香に着てもらっている。

どんな感じになるのか、みんなで見るだけでもモチベが上がるだろうという算段。

案の定、クラスのほぼ全員が放課後になっても残っている。

……俺が早く見たかったのもあるけど。

「こういう服を着るのは初めてね……。悪くないわ。しっくりくる」

凛香は自身の体を見下ろし、服のサイズ感を確かめるように軽く腕や足を動かす。

典型的な執事服でコスプレ感は拭えないが、それが良かったりする。

キリッとした表情、そして立ち姿も綺麗な凛香に似合いすぎていた。

そもそも黒色が似合う上に、男装もイメージに合っている。完璧だった。

「水樹さん。本番を想定して何かセリフを言ってみて」

「そうね……できればお客さん役がいてくれるとやりやすいわ」

「じゃあ私！　私！」

三つ編み女子がピョンピョンとジャンプして手を上げる。


「凛々しいし、かわいい」

放課後の教室内。凛香を囲むように輪を作る女子たちから感嘆の声が上がる。

他の女子もお客さんになりたそうな雰囲気を醸し出していた。当然、男子たちも。

これでは収拾がつかない。そう凛香は考えたのか、鋭い瞳から放たれる視線が俺を捉えた。

「ここはリーダーにお客さん役をしてもらうのがいいわね」

「ネトゲ廃人が？　うーん、まあリーダーだし……仕方ない」

三つ編み女子は残念そうに言うが、渋々納得したようだ。

他のクラスメイトたちも納得したらしく、状況を見守っている。

「いいかしら、リーダー」

「えーと、うん……？」

「一旦、教室から出てもらえる？　お客さんとして入ってきて」

「わかった」

凛香にリーダーと呼ばれると、ちょっと変な感じだ。

違和感を覚えつつ教室から出て、すぐに入る。

すると待ち構えていた凛香が――。

「おかえりなさいませ、ご主人様」

「――っ！」

圧倒的真顔の凛香。しかし、それでこそ演出されるクールな執事。

淡々とした言い方もすごく良い。何でも完璧にこなしそうなイケメン執事だ。

クラスの女子たちも「きゃー」と興奮を隠しきれない。

まさにアイドルを生で見ている反応。

ちなみに男子たちは――「ちっ、ネトゲ廃人のくせに……!」「うらやましいっ」と、俺を睨んでいた。まあ気持ちは分かる。

俺もそっち側だったら同じ心境になっていただろう。

そう思うも、弱ったな、と頬をぽりぽり掻いてしまう。

「微妙ね」

凛香は考え込むように顎に手を添え、ボソッと呟いた。

「え、すごく良かったんだけど」

「いいえ、私としては微妙よ。悪いけれど、かず――リーダーの手本が見たいわ」

「いや、むりむり!」

「大丈夫、私がさっき言ったセリフを言うだけでいいの。他の人の口から聞きたいだけ」

「そう言われてもな……」

「どちらにせよ、リーダーも執事として働くのだから練習しておくべきよ」

それはそうだけど……。いきなりのことで心の準備ができていない。

「頑張れーネトゲ廃人」

「言え言えー」

クラスメイトたちからも茶化すように促される。もはや言わない選択肢はなくなった。

ここでセリフを言わなければ、場をしらけさせた空気読めないリーダーとして定着してしまう。俺はグッと息を吸い込み、覚悟を決めた。

「お、ぉおかえりなさいませ……お、嬢様」

めっちゃ噛(か)んだ。死にそうなくらい恥ずかしい。

女子が集まっている一角から「緊張しすぎーあははっ!」と笑い声が聞こえた。

今すぐにログアウトしたい気分。

「もう一度言ってもらえる?」

「………もう一度?」

鬼かよ。

「ええ。次は大丈夫よ」

凛香は、俺に優しく微笑んだ。……なんだか、本当に大丈夫な気がしてきた。

「おかえりなさいませ、お嬢様」

二度目ということもあって、スラリと俺の口からセリフが飛び出した。

「いいわね。今度は名前をつけてもらえる?」

「おかえりなさいませ、凛香お嬢様」

「……ふぅ……とても、とても良いわね」

頬を薄ら朱に染め、凛香は恍惚とした表情を浮かべた。

そしてハッと思いついたようにスマホを取り出し、なぜか俺に向けた。

「参考用に、録音させてもらうわ」

「参考用？　不純な動機がチラついてるんですけど」

「いいえ、参考用よ。これから何度も何度も聞いて、しっかり覚えなくちゃ」

こんな短いセリフ、覚えるのに苦労しないだろ……。

てか先にこのセリフを言ったのは凛香じゃん。

「さあ早く」

「……おかえりなさいませ、凛香お嬢様」

「ありがとう。次は耳元で囁いてもらえる？」

「嫌だ！　さすがにおかしい！」

そんなサービスまでするつもりはない。

高校の文化祭らしく健全な店づくりに励むつもりだ。

「…………なんだか、水樹さんとネトゲ廃人が近い……」

「「っ！」」

ふと発された三つ編み女子の発言に、俺と凛香は飛び退くように慌てて距離を置いた。

「真剣に取り組んでるからよ。考えすぎだわ」

サッと髪をかき上げ、凛香はフォローするようにクールな雰囲気で言い放った。

誰も凛香の発言を疑うことなく、普通に納得して次の話題に移る。

三つ編み女子も何事もなかったかのように隣の女子と話し始めた。

さっきのは本気で疑ったというより、ちょっと気になっただけのようだ。

だとしても危なかった。気をつけなくては……。

「思わず、我を失ってしまったわ」

隣にいる俺にしか聞こえない声量で、凛香はボソッと呟いた。

……クール系アイドルと呼ばれる女の子でも、たまらないということか。

――おかえりなさいませ、お嬢様（ご主人様）。

このセリフは、夢と願望の塊だ。人を狂わせる魔法の言葉なのだ。

☆

帰宅した俺は執事喫茶のコンセプトをまとめた紙とにらめっこしていた。

初めて責任のある仕事をしているので、何度確認しても不安は解消されない。

「でもなんか、ネトゲと似てるかも」

みんなで真剣に取り組む……これはネトゲでも変わらない。

中にはゲームだからと軽んじる人もいたが、ゲームだからこそ真剣に取り組む人も多かった。俺は、その真剣に取り組む人たちと接することの方が多く、まあ胃をキリキリさせる場面も体験している。そこへくると、文化祭におけるクラスのリーダーというのは、まだマシな方かもしれない。意外とみんな好意的だし。

「あ」

机の脇に放置していたスマホから着信音が鳴る。

凛香の姉、香澄（かすみ）さんからだ。たぶん例の件について。

「もしもし」

「やー和斗（かずと）ボーイ。良い知らせだよ」

「良い知らせ……じゃあ」

「そ、凛香と和斗ボーイの結婚を、おじいちゃんとおばあちゃんにも認めてもらえた」

「いや違いますよね？　なんの話してるんですか」

「あはは、冗談だってば」

お姉さんらしく軽快に笑う香澄さん。本気でドキッとしたからやめてほしい。

ただでさえ水樹一家に囲まれて翻弄されているのに、そこにおじいちゃんおばあちゃんが参戦したら恐ろしいことになる。

「執事服と例のアレ、用意できたよ」

「本当にありがとうございます。こういうことを相談できる人、香澄さんしかいなくて」

香澄さんは様々なコスプレ衣装を所有している。

そのことを知っていた俺は、リーダーになってすぐ、香澄さんに相談してみた。

そしたら衣装の用意ができるかもしれない、と言ってもらえたのだ。

「ま、妹の旦那さんから相談されたらね？」

「旦那さんて……。やっぱり、無理させちゃいましたか？」

「んー ん、全く。友達に連絡して、ほこり被ってる衣装を貸してもらっただけだから。文化祭で使うってことを説明したら、気前よく貸してもらえたし」

「……本当にありがとうございます」

「例のアレもいい感じだよ。これは和斗ボーイ用なんだよね？」

「はい。凛香と文化祭を回るための秘密兵器です」

「なるほど、面白いね」

凛香は俺と文化祭を回りたがっている。例のアレなら一緒に回れるだろう。

「凛香のこと、よろしくね」

「はい」

そう返事して、電話を切ろうとした直後。

「ねね！　かずとお兄ちゃんなのー？」

この声は――天使!!

「香澄お姉ちゃん！」

「はいはい。和斗ボーイ、乃々愛に代わるねー」

「あの。乃々愛ちゃんの顔が見たいです」

「ついに要求しだしたね、和斗ボーイ。いいよ」

呆れ返る香澄さんだったが、承諾してくれる。

ビデオ通話に切り替えた。

スマホの画面には乃々愛ちゃんの天使スマイルが映し出される。

「わーい、かずとお兄ちゃんだー！」

「乃々愛ちゃん……！」

心が――浄化されていく。顔を合わせるだけで喜んでくれる妹がほしい。

「あのね、わたしも文化祭にいくねっ！」

「うん――はっ！　ダメだ！」

「んぅ？　わたし……いっちゃだめなの？」

目をウルウルと悲しそうに潤ませる乃々愛ちゃん。胸が痛い。しかし……。

「文化祭は俺たち生徒が主役だ」

「…………うん」

「そこへ乃々愛ちゃんが来ると——乃々愛ちゃんが主役になってしまう！」

「んぅ？」

「乃々愛ちゃんはかわいいから……天使だから……！」

喉に力がこもり、声が震えた。

「どうしよ、和斗ボーイの変態性が増していく」

香澄さんの引き気味の声が聞こえた。俺は変態じゃない。

天使の魅力にやられただけだ。

「おかえりなさいませ、お嬢様……。ふっ、俺様は橘。どうだい……俺様を君たちの執事として雇い、特別な時間を――」

「いぃや無理無理！　何この人！　いこ！」

「あ、ちょ――っ」

執事喫茶に来店した女子二人組は、橘にドン引きして悲鳴あげながら逃げた。

「ふっ……恥ずかしがり屋のお嬢様たちだぜ」

「橘、ちょっと来い」

「あーん。なんだよ綾小路」

「まじで来い」

俺は怒りで震えそうな声を懸命に抑え、橘を店の隅まで連れていく。

店内のお客さんたちから奇異な視線を向けられている気がした。

配慮するべく、橘には小声で注意する。

「橘、今のはない」

「はぁ？　完璧な接客だろうが」

「お客さん、ドン引きして帰ったじゃん」

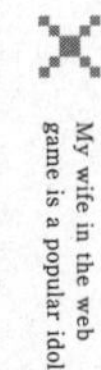

「ふっ……恥ずかしがり屋なんだよ。俺様の執事モードがかっこよすぎたんだ」

「その自信はどこからくる。あと、ふって言うの、うざい」

もっと言うと腹が出てる。執事にしてはスマートさに欠けていた。

「次からは普通に頼む。もしまた変なこと言ったら、即刻クビな」

「へいへい。任せな、リーダー」

……本当に大丈夫かよ。俺の不安に気づくことなく、橘は意気揚々と次のお客さんのところへ向かった。あ、今度は普通に接客して席に案内してる。即刻クビという言葉が効いたらしい。と思ったら、何やら自分のお腹をおかしそうに叩いて、お客さんを笑わせている。サービス精神にあふれているが、それは執事の振る舞いなんだろうか……。

「……」

俺は活気に満ちた教室内――今は店内だ。

店内を見回して忙しさを再確認する。満席だ。廊下にも何組か並んでいる。

こんなにも繁盛している理由は、やはり――。

「水樹凛香が執事になってる………眼福」

「推し変しようかな。梨鈴から凛香に」

「やっぱ、どうしよ。あのクール系アイドルに、おかえりなさいませお嬢様って言われちゃった！」

「執事服、めっちゃ似合ってるよね」

男女問わず、店内にいるお客さんたちはキビキビ動く凛香に見惚れていた。

廊下で待ち続けるお客さんたちも目的は凛香だろう。

人気アイドルがいれば、こうなるよな。奈々の教室にも人が押し寄せているそうだ。

「お嬢様、ご注文はお決まりでしょうか」

「あ……あっ……水樹凛香が私に……！」

「お嬢様？」

「かっこいい……っ」

「ありがとうございます」

凛香は表情を一切変えることなく、愛想笑いもせず接客をこなす。

それがクール性を爆上げしていた。女性の目をハートにさせ、男性の心をギャップ萌えで奪う。執事になった凛香は無敵だった。

一組のお客さんが退店し、次のお客さんを案内にすることになった。

手が空いている俺が教室の入り口に向かう。

そのお客さんは、ただのお客さんではなかった。

そして、人間でもなかった。

「おかえりなさいませ――天使」

「わー！　かずとお兄ちゃんかっこいぃ！」

乃々愛ちゃんは大興奮で手をパチパチと叩く。かわいい。

「乃々愛ちゃん。俺を専属執事として雇ってくれないか」

「んぅ？　いいよ！」

「変態ボーイ、席案内してくれる？」

ジト目を向けてくる香澄さんが、ため息交じりにそう言った。

席に案内している途中、香澄さんがコソッと俺にだけ聞こえるように言う。

「和斗くん。予定通り、私たちは他人ということにしておこっか」

「分かりました」

「……ほんとに分かってるのかね……」

またしてもジト目を向けてくる香澄さん。

俺のさっきの振る舞いが引っかかっているようだ。

……俺、橘を責められないな。

席に着くなり、香澄さんは乃々愛ちゃんにも優しく言い聞かせていた。

「乃々愛。家でも言ったけど、和斗くんには見知らないお兄ちゃんとして接するんだよ」

「んぅ……わかった」

きっと寂しい気持ちに襲われたんだろう。乃々愛ちゃんはウルウルと目を潤ませた。

凛香に姉妹がいることは知れ渡っているし、香澄さんと乃々愛ちゃんのことを知っている人もいる。この学校にも多分いるだろう。そこで念のため、オレは香澄さんと乃々愛ちゃんと距離を置かなくちゃいけない。凛香との関係を疑われないためにも。

………ま、今だけの話だ。例のアレがあれば一緒に回れる。

ふふっと自慢げな笑みをこぼし、オレは香澄さんと乃々愛ちゃんがいる席に向かった。

「ご注文はお決まりでしょうか、お嬢様」

「わーっ！　わたし、おじょうさまだって！」

「よかったね乃々愛」

「うんー！　えへへ」

「天使ぃ……」

「ちょっと？」

ジロリ。香澄さんがジト目で睨んでくる。……仕方ないよ、これは。

それから香澄さんと乃々愛ちゃんの注文を受け、料理担当の斎藤にお願いする。

この瞬間だけ暇な時間が生じ、オレは教室の隅に立って教室内を見回した。

「お姉ちゃんと乃々愛、来てくれたのね」

不自然にならない動きで凛香が俺の隣に来て、嬉しそうに呟いた。

「あとで飲み物を運んであげたら？　喜ぶよ」

「そうね……。そういえば梨鈴は来るのかしら」

「あー………」

「ダメそうね」

俺は遠くを見つめ、ふわふわーっと今朝のやりとりを思い出す。

「梨鈴ー。文化祭に来てくれないか？」

「…………」

「梨鈴？」

「……乃々愛ちゃんも、文化祭に行くの？」

「うん」

「……仲間外れ」

「え？」

「……私、お仕事で行けない」

そう言って梨鈴はリビングのソファに座り、着る毛布のフードですっぽりと頭を隠した。

「……凛香さんも奈々さんも綾音（あやね）も同じ学校。私、別の学校」

「あーでもほら、ＫＭさんも別の学校だろ？」

「……ＫＭ様は別。生物としての格が違う存在」

なんかすごいこと言い始めたぞ。なぜか梨鈴はKMさんのことを様付けする。

二人の間で何かあったのかもしれない。

「……私、一人ぼっち……」

「梨鈴……」

頼りない小声からは寂しさが滲(にじ)み出ていた。

俺は梨鈴に歩み寄り、そっとフードをとって梨鈴の顔を見る。

へにゃーと眉を曲げ、固く口を閉じていた。

目の前にいる俺を見ようともせず、うつむいている。

悲しむ妹を慰めたくて、その頭を優しく撫(な)でた。

髪の毛はサラサラしていて、頭皮がほんのり温かい。

「……もっと撫でろ、お兄」

「はいはい」

「……今日、一緒に寝ていい？」

「いいよ」

「……じゃあ今から、ポテチとコーラもってこい」

「いい――わけないな。兄をパシリにするな」

「……ちっ」

舌打ちしたよこの子。

「かず――――リーダー？」

梨鈴とのやり取りを思い出し、ボーッとしてしまった。

凛香から訝しげに声をかけられた俺は「なんでもない」と首を横に振る。

ま、あのふてぶてしい妹なら大丈夫だろう。

ほどなくして凛香は飲み物を香澄さんと乃々愛ちゃんに届け、乃々愛ちゃんからの天使スマイルを受け取っていた。香澄さんもニヤニヤして「似合ってるねー凛香。クール系アイドルのイメージにピッタリ！」と茶化すように言い、凛香の頬を薄ら赤く染めさせていた。凛香は身内に褒められると恥ずかしくなるタイプのようだ。

あっという間に四十分が経過する。

香澄さんと乃々愛ちゃんは退店し、教室内にいた他のお客さんも出ていく。

廊下にも待っているお客さんはいない。

今だけだろうけど、寝られそうなくらいのゆとりが生まれていた。

俺はリーダーとして、教室の入り口に立ってお客さんが来るのを待つ。

すぐに来た。

「あらあら、先輩ではありませんか」

「清川」

　ここ最近は文化祭で忙しかったせいか、清川に懐かしさを覚えた。

　車で話をした日から一度も顔を合わせて――あっそういえば勝負の件があったな。

「へー……ほー……執事の格好、似合っていますね。というより先輩……結構良い感じ……一応、凛香先輩に選ばれたことはありますね」

「…………」

　上から下まで見つめてくる清川だったが、気を取り直したようにサッと姿勢を正し、教室を覗き込むような動きを見せた。

「中に凛香先輩は……いらっしゃいますか？」

「……うん」

「ふふ、そうですか。安心しました。それでは私は凛香先輩にお供し、全身全霊で凛香先輩を楽しませてみせましょう」

「あ、うん……」

「なんだか歯切れが悪いですわね」

「…………」

「…………？」

　清川が怪しげに下から俺の目を覗き込んでくる。咄嗟に顔を背けた。

「……あっ！　あなたまさか……私との勝負をお忘れに……？」

「まーはい……」

「なんてこと！」

「ごめん。実は清川のことも忘れてた」

「ありえませんわ！　自分で言うのもなんですが、私はかなり印象的だと思いますよ！」

「そうだなぁ。初めて会ったときとか、すごかったし」

ムンクの叫びみたいな顔したあげく、俺を猛烈な勢いで悪者にしてきたからなぁ……。

「信じられませんわね！　勇ましく『俺を認めさせる』と仰っておりましたのに！」

「ほんとごめん。忙しかったんだよ、本当に。クラスのリーダーになってさ……忙しくて気が回らなかったんだ」

「だとしても、忘れるのはありえませんわ！」

「……正直、意味が分からないんだよな」

「はい？」

「勝負の意味が分からない。清川に認められたいとは思うけど、わざわざ勝負する必要ないっていうか……ちょっとずつ時間をかけて、お互いに分かり合っていけばいいんじゃないか？」

「あ、あなた……うそでしょ？　い、今さらそんなことを!?」

「俺、リーダーになって分かったんだ。争いだけが全てじゃない……争いをしなくても、ちゃんと向き合えば人と分かり合えるんだ」

「なに悟り開いちゃってるんですか！　ここまで舐められたのは初めてですよ、私！」

「清川、人が来た」

隣の教室から出てきた男子生徒のグループが、和気あいあいとしながらこっちに歩いてくる。声量を落とせ、と清川に合図を送っておいた。

「むぅ……」

我慢ならないとばかりに唸る清川。その柔和だった目を鋭く尖らせ、憤怒の視線を俺に飛ばしてくる。これは……まずいな。

「忘れていたのは謝るよ。本当にごめん」

「もういいですわ。けれど、罰ゲームだけはきっちりしてもらいますからね」

「…………それは、どうだろ」

「はい？　あなた、勝負に負けた代償まで反故にするのは人間として腐ってますわよ」

「そうじゃなくって……清川がすることになるかもな。逆立ちでグラウンド一周」

「それはどういう意味――――」

「リーダー。タイミングも良さそうだし、お化け屋敷の助っ人に行ってくるわ」

教室から出てきたのは執事の服を着た凛香。

清川は凛香を見て「なんて美しく、そしてカッコいいのでしょう……今すぐそのスラッとしたおみ足に頬ずりして、最後には踏まれたいですわ」と女神を拝むように合掌し、感動していた。……うそだろ。まさか清川、梨鈴以上に——。

「あら綾音、来てくれたのね。ごめんなさい……今から私、助っ人に行くの」

「問題ありませんわ。その代わり、今度プライベートで……よろしいでしょうか？」

「もちろんいいわよ。綾音には日頃からお世話になっているもの」

「お世話だなんてそんなっ！　私がしているのは、凛香先輩がレッスン後とライブ後に流した珠玉の汗を拭きとらせて頂いているだけです！　お世話だなんて……」

…………………………。

え。

「あ、スター☆まいんずの二人だ！」

「すげっ！　執事！」

こちらに歩いてきていた男子生徒のグループがついにここまで来て、凛香たちに気づいて嬉しそうに無邪気な声をあげた。見たところ一年生だな。

凛香と清川はアイドルらしく慣れた様子で彼らの相手をする。

彼らは満足して足取りを軽くさせ、興奮冷めないまま去っていった。

……せっかくなら執事喫茶に寄ってほしかったな。

「それじゃあ私、助っ人に行くわね」

「うん、いってらっしゃい」

こちらに背中を向けて歩いていく凛香に、俺は軽く手を振って見送った。

「それでは先輩、私も行きますわね」

「………」

「ふふ……なにもできず、私と凛香先輩が仲良くするところを指をくわえて見ているといいですわ」

ふわぁさと髪をかきあげ、清川はモデルのような綺麗な歩き方で廊下を歩いていく。

やっぱり敵視されてるよな俺……。

「どちらにせよ、やることは変わらない——橘、手伝ってほしいことがあるんだ」

「ああん？　もうじき交代の時間だろ？　残業は勘弁だぜ」

ちょうど入り口付近で彷徨っていた橘を捕まえると、心底嫌そうにされた。

「個人的な頼みなんだ。例のアレを使う」

「例のアレ？　なんだそりゃ」

香澄さんに用意してもらった、とっておきのブツ。

これで凛香と文化祭を回れるはずだ——。

☆

視界が狭い。頭がグラグラし、足を動かす際に重みと違和感が生じた。

「――――」

廊下を一歩、また一歩歩くたびに、廊下の脇に寄った人たちから見られる。

この状況、俺が主役――。なるほど、これが、着ぐるみの力か。

注目されるのが苦手な俺だが、不思議と着ぐるみを着ていれば気にならない。

香澄さんに用意してもらった、黒猫の着ぐるみ。

どちらかといえばコスプレに近いだろうか。

厚い生地の服を着て、黒猫の被り物にスッポリと頭を収めるだけ。

「わっ、猫かわいー」

明るい女子に話しかけられ、なぜかツーショットを撮ることになった。

適当にポーズを取ると、その女子だけではなく、周囲の人からもウケた。

着ぐるみすごい。そりゃいろんなイベントで使われるわけだ。

俺は、凛香が助っ人に向かった教室がどこかを思い出しつつ、のそのそと校内を歩く。

あとはこの廊下を真っすぐ歩き、一番奥の教室に行けば――。

「お」

被り物の中で声を発する。前方に、清川と香澄さん、乃々愛ちゃんがいた。

三人は合流して一緒に回っているらしい。

俺は早歩きで三人を追いかけ、後ろに張り付く。

「んぅ？　あっ！」

ふと振り返った乃々愛ちゃんは俺を見上げ、パッと笑顔という花を咲かせた。

清川と香澄さんも足を止めて振り返り、口を開く。

「あらどこのクラスが作ったのでしょう。ちょっぴりブサイクな黒猫ですわね。服にもほつれがあり、クオリティが低いですわ」

「たはは、手厳しい。この着ぐるみ、昔私が作ったやつなんだよねぇ」

「どうやら私の美的感覚が狂っていたようです。たった今、修正しました。この黒猫の着ぐるみは、とってもキュートで素晴らしいですわ！　今すぐ美術館で飾るべき芸術作品ですわね」

「無理あるねー。そのフォローは無理あるねー」

と香澄さんは言ったが、とくに怒った様子はない。いつものノリみたいな感じで余裕を崩さなかった。たぶん自分でも微妙な出来なのは分かっているんだろう。

俺としては手作り感があってかわいいと思う。

「わーい！」

乃々愛ちゃんがギューッと俺の脚に抱きついてくる。かわいい。

「この中にいらっしゃるのは、ひょっとして」

「そそ。その人だよ」

香澄さんの肯定で、清川はギョッと驚いた表情を浮かべた。

「な、なんということでしょう……。まさか、それで凛香先輩と……？　しくじりました……着ぐるみを借りられる伝手……香澄さんの存在を失念しておりました」

「…………」

俺はポンと清川の肩に手を置く。これで対等だ。

でも正直、これくらいのことは簡単に思いつくよな……。

と、そのとき――――。

「うぎゃぁあああああ!!」

「助けてぇえええええ!!」

凛香が助っ人に向かった教室（お化け屋敷）から、カップルと思わしき男女が飛び出してきた。情けなく悲鳴を上げ、一心不乱に廊下を走っている。

「ヴ、ヴァアア!!　ガ……ァアア!!」

そのカップルを追いかけるように、またしても教室（お化け屋敷）から一人の人間――

いや、長髪に白ワンピース姿というコテコテの幽霊が飛び出した。髪をブンブン振り回し、だみ声を発してカップルを追っている。

「ひぃぃいやぁあああ!!」

「マ……マ、テェエエ!! ァアアア!!」

「ぅあああああああああああ!!」

「きゃあああああああああああああ!!」

俺たちは廊下の脇に退避し、バタバタと廊下を駆け抜けるカップルを見送った。

幽霊も俺たちの横を通り過ぎようとし——パタッと足を止めた。

猫背に加え、乱れた長髪で顔が覆われているので、正体は分からない。

幽霊はグルリと頭を動かし、前髪の隙間からギョロッと目を覗(のぞ)かせると、順番に清川(きよかわ)から香澄さん、そして乃々愛ちゃんを見た。

「んぅ?」

「…………乃々愛?」

「…………凛香お姉ちゃん?」

背筋を伸ばした幽霊は暖簾(のれん)のように髪の毛をかき上げ、綺麗な顔を晒(さら)した。

やっぱり凛香だ。

「ちょっとー! 水樹(みずき)さんー!?」

教室(お化け屋敷)の受付をしていた女子生徒が駆け寄ってきた。

凛香のそばまでくると、一拍置き、目を見開いて声を荒らげる。

「え、待って待って!?　なんで!?　なんで水樹さん、外まで追いかけてるの!?」

「幽霊だからよ」

「アグレッシブな幽霊だね!?　お化け屋敷から出てくる幽霊なんて聞いたことないよ！」

「ごめんなさい……役に入りすぎたわ」

「入りすぎっ！　もう幽霊に取りつかれてたレベル！」

「なるほど、それいいわね。幽霊に取りつかれた女の子が、怨念に突き動かされて浮気した彼氏に――――」

「設定盛らないで!?」

「次こそ完璧に幽霊をしてみせるわ」

「もういいよ！　助っ人は嬉しかったけど……なんか違う！　さっきもお化け屋敷の中でお客さんにお漏らしさせたし！」

「クビ……ということかしら」

「お客さんが引いてるの！　本気で逃げてるの！　全力でやりすぎ！」

「…………………ごめんなさい」

「水樹さんって意外と天然なんだね。それと、お化け屋敷に行ったことないでしょ？　今日のところはお客さんとして楽しんでみて」

そう言って、女子生徒は小走りで受付に戻った。残された凛香(りんか)は悲しそうにうなだれ、

「今日のところはって……文化祭は今日だけよ。次は来年じゃない」と震えた声で呟(つぶや)いた。

重い空気が立ち込めそうになった瞬間、清川がパッと笑みを浮かべる。

「さすがです凛香先輩！　迫真の演技でした！　完璧すぎて高校生の文化祭には合いませんでしたね！」

「綾音(あやね)、私は失敗したの」

「凛香先輩……」

清川は言葉を失う。おそらく、これまでにも何度かあったことなんだ。

今回の幽霊役のみならず、凛香は何事にも全力を尽くす。成功することがあれば失敗することもあるだろう。そして失敗したときは自分を極端に責める……そんなことがこれまでにもあったに違いない。

「え――――」

俺は、後ろから凛香を抱きしめた。今の俺は黒猫の着ぐるみを着ている。問題ない。

「この感じ……まさか、和斗(かずと)？」

凛香は囁(ささや)くように言った。なんで分かるんだ……。

抱きしめている時間は、ほんの数秒に過ぎなかった。

その間に凛香は気持ちを切り替えたようで、着ぐるみの服に包まれた俺の腕をそっとつ

かみ、顔を上げた。

「そう、そうね……今日は文化祭ですもの。落ち込んでいる暇はない……楽しまないと損だわ」

「そ、そうですよ凛香先輩！」

明るい雰囲気を全力で出す清川。

乃々愛ちゃんもニコッと笑って「凛香お姉ちゃん、いこー」と言う。

香澄さんは一歩引いた感じで、微笑みながら様子を見守っていた。

空気を読むつもりで俺は凛香から一歩離れる。

すると凛香が振り返り、俺にだけ聞こえる声量で「……私が一緒に回りたいと言ったから、その格好を？」と尋ねてきた。

「……っ」

声を出さず、頷いてみせる。凛香はフッとおかしそうに、けれど嬉しそうに笑った。

☆

せっかくなので俺たちはお化け屋敷に行くことにする。

ただ、香澄さんは怖いものが苦手ということで、外で待機することになった。

……遠慮しているのだろうか。

四人で列に並び、順番が来たので俺たちは徹底的に暗くされた教室内に踏み込んだ。

一本道に従って歩いていると、両側の壁の向こうから大きな音が突発的に鳴らされたり、不気味なうめき声が聞こえてくる。

短い時間とはいえ、ここで幽霊をしていた凛香はとくに驚くことなく足を進める。

かと思いきや、思い出したように「コワイワー」と棒読みで言いながら俺に抱きついてくることがあった。

そんな凛香に対し、清川が張り切って「お守りします！」と鼻息を荒くする。

乃々愛ちゃんは音に反応して「わっ！」と何度も驚き声をあげてかわいかった。

通路の途中に意味深なロッカーが置かれており、俺たちは警戒しながら進む。

予想通り、近寄ったらバンッ！　と勢いよくドアが開かれ、中に潜んでいたミイラ男——全身に包帯を巻いた男子が「バァアアアアア!!」と叫んできた。

中にいるのは分かっていたのに、すごい迫力で俺はビクッとしてしまう。本気の演技だ。

これまでで一番怖い。全身に巻かれた包帯はところどころ赤黒くて不気味だし……。

さ、早く行こう。

「わー！　包帯グルグル！　ねね、ケガしてるのー？」

「バァァァァ………え？」

「ねね、いたくないの？」

乃々愛ちゃんは本気で心配そうにしていた。

「いや、あの……」

「ほけんしつ、いく？」

「あ、あの……大丈夫、なんで……はい」

可哀想になるくらい、たじたじになるミイラ男。天使の優しさが仇となった。

「こほん、凛香先輩。ミイラ男について、ご説明させていただきます。実はミイラ男、神話が起源ではなく、映画から生まれたのです」

「映画なのね。でもネトゲで見たことがあるわ」

「はい。映画にとどまらず、あらゆるゲームにも登場します。ゲームだけではなく、アニメや漫画、特撮にも……とても人気のあるモンスターですの」

「へぇそうなの。綾音は詳しいわね。こういったものが好きなの？」

「好き、というわけではありませんが、とある作戦を遂行するために得た知識でして……ちなみに――」

興味津々に話を聞いてくれる凛香に嬉しくなったのか、清川は得意げになってペラペラと語る。清川なりに凛香を楽しませようとしているのか……。

まずはお化け屋敷を楽しめよ。

「あの、すみません」

ミイラ男が申し訳なさそうに話しかけてきた。

「？」

「先に進んでもらえないっすか？　ここで止まられると、困るっす」

「…………」

ほんっとごめんなさい!!

☆

お化け屋敷から出た後、校内を歩き回って各教室の出し物を回っていく。

清川の教室は絵画展になっており、清川が提出した絵はスター☆まいんずのメンバー五人がダンスしている絵だった。躍動感が伝わってきて、めちゃくちゃうまい。

これも才能かーと心の中で呟いた。芸能界で成功するような人は結構多才だったりする。素直にすごいと思うしかない。凛香も「さすが綾音ね」と感心したように呟いていた。清川が嬉しそうに鼻の穴を膨らませていたのは言うまでもない。

途中、香澄さんが「ちょっと疲れちゃったなー。もう年かね。私、休憩するからみんなで行って」と言い、四人で回ることになる。香澄さんは大学生でまだまだ若いのに……。

流れで次は奈々の教室に行くことになった。一体どんな出し物なんだろう。

ワクワクしながら向かうと、「これは卑怯だわー」と勝手に口から言葉が漏れた。

カジノ風の内装にされた教室内には、バニーガールの服を着た女子生徒たちが歩き回っていた。用意されているテーブルはどれも円形で、椅子は四脚。すごいことに席はすべて埋まっており、九割のお客さんが男で、彼らはトランプを手にしていた。

見たところ……ババ抜きだ。

奈々の教室ではババ抜きを出し物として扱っている。

そしてバニーガールの服を着た女子たちがトランプをシャッフルし、席に着いたお客さんたちに配っていた。

「あ、みんな！　来てくれたんだ！」

教室の入り口に佇む俺たちに気づいた奈々が、笑みを浮かべて手を振ってきた。

その動きで頭のうさ耳がふりふりと揺れる。

ババ抜き中のお客さんはそれを見逃さず、『癒されるわー』みたいな安らいだ顔をしていた。人気アイドルグループのセンターが、かわいらしいバニーガールになっているんだ。

そりゃ見逃すわけがない。

「やーや、スター☆まいんずの二人と小さな天使、それからブサかわ猫、いらっしゃい」

バニーガールに扮した琴音さんが、いつものおっとりとした口調で出迎えてくれた。

「たしか琴音さん……だったかしら」

「お、今を時めくクール系アイドルの水樹凛香に覚えてもらえるなんて、光栄ー」

「奈々の友達でしょ？　忘れないわ」

『あの女』呼ばわりしたこともあるしなぁ……。

「さーて、ババ抜きしていく？　するなら飴玉を一つ買ってもらうけど」

「飴玉？　いくらですの？」

「百円」

「たかっ！　ちなみにサイズは……？」

どこかビビる様子を見せる清川に、琴音さんはポケットから赤色の包装紙に包まれた飴玉を取り出した。子供でも食べられる普通のサイズ。これが百円はぼったくりだ。

「一回ババ抜きする毎に、飴玉を買ってもらうからねー」

「ガチのぼったくりですの……ごくりっ。なぜこれで満席になるのでしょうか」

「これでも落ち着いた方かな。さっきまで廊下にもズラリと人が並んでて大変だったんだよねー。これがバニーガールの力ってわけさ。奈々もいるしねー」

「さすがに卑怯です、その格好は」

「高貴なアイドル様に褒められて嬉しいー」

「これっぽっちも褒めてませんわ。……しかし、この店の雰囲気にババ抜きは合いませんわね。いっそポーカーの方がよかったのでは？」

「んー、ポーカーだとルールが分からない人もいるからねー。それに人によっては敷居が高く感じられるし……ババ抜きの方が気楽に足を運んでくれるし、回転率も――」

「琴音さーん。ファイナルステージお願いしますー」

女子生徒の声が教室の隅から飛んできて、琴音さんが振り返って「はいよー」と返した。

「ファイナルステージ……？」

清川の小さな疑問に、琴音さんは淡々と答える。

「ババ抜きで一位抜けした人にはねー、ファイナルステージ進出の権利が与えられるのさー。人数は、私とお客様三人の合計四人ー」

「勝てば景品とかあるのでしょうか」

「もちろんー。あのスター☆まいんずのセンター、元気系アイドル胡桃坂奈々のサイン色紙がもらえるよー」

「卑怯！　とことん卑怯です！　そんなのみなさんは必死になって飴玉を買うでしょ！」

「卑怯？　これは合法だよー。お客さんも納得してるしね……あ、ついでに言うと、ファイナルステージで三回勝ったら……なんとバニーガールの奈々とツーショットが撮れるよー」

「露骨すぎませんかねぇ!?　あなた高校生ですか!?　真っ黒すぎでしょ!?」

「えー？　それは企画を考えた人に言ってほしいなぁ」

「ん……それもそうですね。一体誰が考えたのでしょうか」

「私ー」

「やっぱりあなたじゃないですかっ！」

わざとらしく照れたように頭を掻いた琴音さんは、教室の前方に設けられた席に向かった。

そしてファイナルステージの席でスタンバイしていた奈々がトランプをシャッフルする。

ババ抜きが進行する度に盛り上がりを見せ、見事一位になった男性客はサイン色紙をもらい舞い上がった。ファイナルステージから離れた男性客は「あと一度勝てばバニーガールの奈々ちゃんとツーショットだー！」と嬉しそうに興奮していた。

「ふっ、バカらしいですわね。別の店に行きま――――っ！」

クルリと振り返り歩き出そうとした清川は、口をあんぐりと開けてフリーズした。

どうしたんだ？

俺も振り返り、教室の入り口にいるバニーガール――凛香を見て、心臓が弾け飛んだ。

なぜか凛香もバニーガールになって、そこにいるのだ。

凛香は恥ずかしそうに頭のうさ耳を弄ったりして、そわそわしている。

しかも凛香の隣には、うさ耳を生やした乃々愛ちゃんまで……！

子供用の衣装はなかったみたいだが、ヘアバンドは装着できたみたいだ。

かわいすぎて死にそう。

これにはお客さんたちも大盛り上がり。奈々も大興奮で「凛ちゃんかわいー！　ありがとー！」と凛香に猛烈な勢いで抱きついていた。

「奈々……これ、恥ずかしいわ」

「大丈夫だよ凛ちゃん！　すっごくかわいいから！」

「そういう問題ではなくて……！」

「乃々愛ちゃんもかわいいね！」

「うんー！　うさぎー！」

キャッキャと盛り上がる三人。そんな彼女たちを見て和むお客さんたちと俺。清川は口をパクパクさせている。

頃合いを見計らったように、琴音さんが凛香たちに歩み寄って振り返り、お客さんたちに告げた。

「ボーナスタイムー。次からのファイナルステージだけどー、一位抜けした人は……奈々と水樹凛香に挟まれて、写真を撮ってもらえる……で、どうかなー？」

「「「――――っ！」」」

お客さんたちの目の色が露骨に変わった。めらめらと闘争の炎を奔出させる。

でもそうなるのは……ちょっと理解できた。

人気アイドル二人に挟まれて写真を撮ってもらえるなんて、そうそうあることではない。しかも二人はバニーガール。一生に一度しかない貴重すぎるイベントだ。

「飴玉だ！　飴玉をくれ！」

「こっちもだ！　飴玉をくれ！」

「飴玉ー！」

目を血ばしらせたお客さんたちが、わーっと一斉に琴音さんのもとに殺到する。

琴音さんは一瞬だけニヤリとし、それから営業スマイルで「まいどー」と飴玉をポイポイ売りさばいていた。明らかに手慣れている。

その様子を見ている清川はゴクリと喉を鳴らした。

「お、おそろしいですわ、あの人……！　なんだか非合法の匂いがしてきましたよ！」

俺も唖然（あぜん）としている。こんな露骨な商売を文化祭でしていいのかよ。

凛香と奈々はお客さんが待機している席に向かって、トランプを配り出す。乃々愛ちゃんもだ。ただ、乃々愛ちゃんはぎこちなくトランプをシャッフルしていて、お客さんたちは微笑（ほほえ）ましそうに見守っていた。

「先輩。私も参戦しますわ」

俺と傍観していた清川がボソッと言ってきた。

「まじか」

「バニーガールになった奈々先輩と凛香先輩に挟まれて写真を撮ってもらえるんですよ？　やるしかありません」

さすがにプライベートではお願いできませんからね……チャンスですよ、これは——と清川は小声で続けた。

「というわけで先輩、ファイナルステージでお会いしましょう」

「え、俺も？」

「はい。私とあなたは運命のライバル……戦うしかないのですよ…………あ、琴音さん。私にも飴玉を」

「まいどー」

清川は琴音さんから飴玉を二つ購入した後、俺に一つ渡してきた。

俺は手の平に、コロンと飴玉を転がす。

「必ず、勝ちあがってくださいね。私以外の人に負けたら承知しませんよ！」

漫画でよく見るようなセリフを言い、清川は空いてる席に足を向けた。

………やるしか、ないか。せっかく飴玉を買ってもらったしな。

きっと俺も教室内に吹き荒れる熱風にあてられたのだろう、ババ抜きという真剣勝負にワクワクしていた。

俺は教室内を見回し、三人しかいない席を見つける。

ちょっとした緊張感を味わいながらその席に向かい、空いてる椅子に腰を下ろした。

「着ぐるみ……」

と、俺を不思議そうに見てくるお客さん三人。すぐにバニーガールが来て、手際よくトランプをシャッフルして俺たちに配った。

……よし、勝負の時間だ。まずはファイナルステージに進出する！

テーブルに置かれたカードを取ろうとし、愕然とした。

――カードを、つかめない！

このミトンみたいになった手では、カードをつかめない！

「どうされましたか、お客様」

「っ！　っ！」

俺はバニーガールに対して、両手をふりふりと左右に振る。

この手ではつかめないと仕草で伝えた。

「そういうことであれば……お客様の負けになります」

「――――っ！」

「ルールでは、一定時間内に何もしなかった場合、失格になります」

「なっ！」

思わず、声が出た。

必死にテーブルのカードをつかもうとするが、まったくつかめない。

つるつるとカードの表面を撫でることしかできなかった。

まずい、このままでは……このままでは、配られたカードが何なのかを知ることなく、俺は負けてしまう！

「お客様……残念ながら、時間が経ちました」

「ぅ……ぁ……」

俺は――椅子に座るだけ座って、敗北した。

バニーガールが俺に配られたカードを回収し、改めて配り直すのを呆然と眺める。

ふと横を見ると、テーブルに突っ伏した清川を発見した。

清川も負けたらしい。この短い間に決着がついたのか……瞬殺されてるじゃないか。

こちらも、あまりの情けなさと恥ずかしさで椅子から立ち上がれない。

その直後だった。

琴音さんの切羽詰まった声が、騒々しい教室内に響き渡る。

「大ピンチー！　スター☆まいんず集合！　あ、それと、ブサかわ猫も！」

ブサかわ猫……俺のことじゃん。

☆

琴音さんに呼ばれた俺たちは、誰もいない空き教室に連れていかれた。

凛香に抱っこされている乃々愛ちゃんは不思議そうな顔でキョロキョロしている。

「琴音ちゃん、どしたの？」

「さっき電話きたんだけどー……Bグループ、演劇ができなくなったんだって」

「えぇ！」

「あらゆる不運が重なって、役者全員が辞退したってさー。あ、事故とかじゃなくて、なんか細々とした事情ができたらしいよ」

「ど、どうしよ！　大変！　だってもう、体育館に人集まってるんじゃない？」

「うんー。困ったね」

慌てふためく奈々(なな)とは対照的に、琴音さんはのんびりとした口調を保っていた。

「ちょっといいかしら。Bグループというのは……」

「私たちのクラスはね、二つのグループに分かれて出し物してるの。Aグループはババ抜き、Bグループは演劇だよ」

「二つも出し物を……。奈々の教室はすごいわね」

関心する凛香だったが、琴音さんは呆(あき)れたように言う。

「んーどうだろうねぇ。Bグループの方はあまり積極的じゃなくて、ろくに練習もしてなかったんだよ。だから嫌な予感はしてたけど……まさか本番直前でねー」

そこへ清川（きよかわ）がおずおずと手を上げ、発言する。

「どうして私たちスター☆まいんずが呼ばれたのでしょうか？」

「ふっ、もう分かってるでしょ？　ライブしか取り柄のないアイドルのくせにー」

「失礼な！　ライブ以外もしてますわ！　写真集も出してますし……よければ買ってください！」

「もう買ってるよー」

「なんとっ！　ではサインをしてあげますわ！」

「遠慮する」

「………………」

一瞬で断られ、清川は真顔になってパキパキに凍りついた。この断られ方は恥ずかしい。

「話を戻すけどー、スター☆まいんずにはライブをしてほしい」

「それは構わないけれど、準備――――」

「万が一に備えて、ライブができるように準備はしてあったんだよねー。大丈夫」

「そう……」

「あ、でも衣装はないから、今の服でお願いするー」

凛香と奈々は自身の体を見下ろす。バニーガールだ。しかし清川だけは違う。

「ちょっと待ってください！　私は制服です！」

「私のクラスの出し物に関連した服とか、ないのー？」

「絵画展……絵画展です！　特別な服は用意してません！」

「絵画展……気取りすぎでしょー。高校生らしい出し物にしなよ」

「うぐっ」

包み隠さず直球ボールを投げ込む琴音さん。清川は胸を押さえて呻いた。

「せ、せめて私にもバニーガールの衣装をください」

「いやーもう余ってないんだよねー。Aグループも手一杯で、衣装を引っ張ってくる余裕はないし……」

「そんな……！」

「いっそ制服脱いで、下着で出るー？」

「バカですか!!」

顔を真っ赤にしてキレる清川に詰め寄られても、琴音さんは飄々としていた。

「んーじゃ、そこの着ぐるみを借りたら？　中にいるの、綾小路和斗でしょー」

琴音さんは俺を指さしたが、清川は「むりむり、むりです！」と首を激しく横に振った。

「男子が入っていた着ぐるみを着るなんて……むりです！」

そこで肯定したのは凛香。

「そうよ。あの着ぐるみを着ていいのは私だけ」

「はっ！　ということは……凛香先輩の脱ぎ立て衣装を私が——いえしかしそれは！　私の心臓に多大な負担がかかり、死ぬかも……！」

ぶつぶつと独り言を言う清川。不気味だ。

「綾音（あやね）ちゃん。制服で出るの、イヤ？」

「イヤですわ！　凛香先輩と奈々先輩がバニーガールなのに、私だけ制服だなんて！」

「それなら私は執事服を着るわ」

「そういう問題ではないのです！　お二人は文化祭らしくコスプレしているのに、私一人だけバカ真面目に制服を着ている……おかしいではありませんか！」

「……私と奈々も制服を着るわ」

「それだと文化祭らしくないですわー！」

……………なんだこいつ。

でも細かいところまでこだわるのがプロ、というイメージもある。

「ねね！　凛香お姉ちゃん！　わたしもライブにでたい！」

「ダメよ。たしかに文化祭の出し物だけれど、遊びではないの」

「んぅ……」

意気消沈する乃々愛ちゃん。しかし、奈々が閃いたように顔を上げた。

「そうだよ！　うん！　みんなでライブに出よう！」

「奈々？　みんなでって、どういうことかしら」

「凛ちゃんは執事服を着て、私はバニーガール！　乃々愛ちゃんはそのまま！　綾音ちゃんは制服！　そしてカズくんは着ぐるみ！　これで衣装はみんなバラバラだから、文化祭らしさを出せるんじゃないかな！」

「な、なにを仰るのですか、奈々先輩……。これはライブで――――」

「ライブである前に、文化祭だよ！　みんなで思いっきり楽しむの！　突発的な文化祭のライブだからこそ表現できる楽しさがあるはずだよ！」

「「――――っ」」

奈々のエネルギーあふれる言葉に、凛香と清川は撃たれたようにハッとする。乃々愛ちゃんも「わーい！　わたし、がんばるね！」と喜んだ。

……………いや待ってくれ。なぜかライブのメンバーに俺も含まれてるんだが。

乃々愛ちゃんはギリオッケーだろうけど、俺はダメだろ。

急いで頭の被り物を外し、奈々に言う。

「待ってくれ！　どうして俺もメンバーに入ってるんだ！」

「うふー知ってるよカズくん。夏休みの間、乃々愛ちゃんとダンスの練習してたんだよね！　それも、凛ちゃんの指導の下！」

「遊びの延長みたいなもんだって」

「そうかな？　凛ちゃんにレッスン中の動画を見せてもらったけど、すんごく本気だったよね？　乃々愛ちゃんと一生懸命に頑張ってたでしょ？」

「そりゃ……」

　天使の遊びに全力で付き合うのは人間の義務だ。

　そもそも乃々愛ちゃんは本気だったからな。

「和斗。私から見ても、今回のようなライブであればギリギリ及第点のレベルにあるわ。むしろ拙さが、かえって楽しさを表現できそうよ」

「凛香までなにを言うんだよ！」

「カズくんは試したいと思わないの？　練習した成果を、自分の実力を！」

「いや、でも……失敗したら……」

「失敗なんて気にしなくていいよ！　ワクワクする方に向かって全力で走ろうよ！」

「奈々――――っ！」

　奈々は俺の両肩をつかみ、至近距離から迸る情熱をぶつけてきた。

　これが……これがスター☆まいんずのセンター胡桃坂奈々。

　思い返せば、俺が凛香との関係に悩んでいたときも、奈々がこうして背中を押してくれたんだよな……。

「いいの、かな。俺みたいな素人が、プロのみんなとダンスして……」

「いいんだよ！　だって文化祭なんだもん！」

「もちろんよ和斗。歓迎するわ」

「かずとお兄ちゃん、いっしょにがんばろー」

「いや、え？　私は反対ですよ？　当たり前ですよね？」

「……ありがとう。俺……頑張るよ」

こんなに温かく迎えられては断る選択肢なんて吹っ飛ぶ。

こうして俺たち五人の心は一つになった。

「いける！　絶対にいけるよ！　だって私たちだもん！　心の底から楽しんで、全力で突っ走ろう！」

と、奈々は明るく、そして力強く、俺たちを鼓舞した。

希望に満ちている――――。

そうか、これがアイドルなんだ。

リスクなんてへっちゃら。やりたいことは全力でやる。

ワクワクする心に従う。

これがスター☆まいんずなんだ！

――――――。

――――。

――。

……。

…………………。

………。

……。

ライブを終え、俺たちは空き教室に戻ってきた。

「…………」

「……」

「……」

全身を圧迫するような重たい沈黙が、空間に満ちる。

最初に言葉を発したのは、リーダーの奈々だった。

「ライブ……失敗しちゃったね」

「……」

………。

失敗どころか、大失敗だ。

おそらく史上最大級の危機に陥っている。

「まさか……和斗の頭……いえ、着ぐるみの頭が取れるなんてね……！」

凛香は悔しそうに顔を歪め、床に言葉を吐き捨てた。

そう……意外にもダンスは順調だった。

凛香と奈々と清川がフォローしてくれているおかげで、俺と乃々愛ちゃんの拙さは思ったよりも目立たなかったのだ。それだけではなく、ライブ前に琴音さんが『おっちょこちょいのブサかわ猫と人間界に来たばかりの天使がゲストとして参加してまーす』とお客さんたちにマイクで説明し、他にもお客さんを笑わせるような小粋なトークをかまして場を和らげてくれた。そのおかげで極度のプレッシャーから解放され、俺はダンスができた。

が、しかし。

「着ぐるみを着てダンスするの難しすぎるっ。足元とか、まったく見えないし……！」

床のちょっとした窪みに引っかかった俺は全力で転倒し、その勢いで被り物の頭がポーンと吹っ飛んだ。しかもタイミング悪く照明が俺に当てられ――――顔を多くの人に見られた。それからの騒ぎは想像に難くない。

――――なぜ男がスター☆まいんずに紛れている!?

――――あいつ、奈々ちゃんと噂になってたやつじゃないか！

――――以前、水樹凛香とも噂になってたぞ……いや橘だっけ？

などなど……。

「くっ……！」

俺は、どうかしていた。

素人が着ぐるみを着て、最後までダンスをできるはずがない。

いくら凛香というプロの指導のもとで練習したとはいえ、場数を踏んでいないのだ。着ぐるみを着て練習もしていない。

分かっていた……分かっていたのに……！

「ほらやっぱりこうなりました！　だから私は反対でしたの！」

「清川……」

「素人がアイドルに交じってライブに参加するなど、ありえませんわ！」

俺は何も言い返せず、うつむくしかなかった。

「んぅ……ぐすっ……ごめんなさい、綾音お姉ちゃん……」

「ああ！　違いますの！　乃々愛ちゃんは悪くないですよー。よしよし」

「原因を追及するのはやめましょう。それよりもどうやって、このトラブルを乗り越えるかよ」

「えと、カズくんには助っ人で来てもらいましたーって普通に言うのはダメかなぁ？」

「奈々、よく考えてみて。良くも悪くも今の和斗は校内で有名なの。私や奈々、猫、橘くん……複数の人との関係を和斗は疑われ、噂が流れていたの。そんな説明では納得してもらえないわ」

「そっか……。ごめんね、リーダーは私なのに」

「気にしないで。奈々の勢いに乗ったのは私たちなのだから。そもそもこういったトラブルは、これまでにも何度かあったでしょう？」

「うん、そうだったね………よし、みんなに説明して、なんとか納得してもらおう！」

凛香と奈々の考えは固まったらしい。立ち直りが早い。

次の瞬間、ガラッと教室のドアが開けられた。琴音さんだ。

「みんなー。謝罪会見の準備できたよー」

「謝罪会見……」

「余計な噂が立つ前に、こっちから動かないとねー。ま、これくらいならどうにかなるよ。いくらでも言い訳できるさー。私が台本を考えてきたからね」

こんな状況でも琴音さんは自分らしさを失っていない。その安定感が俺たちに安心をもたらした。というか琴音さん、行動早すぎ。ほんと何者なんだ。

「あーでも、この台本はその場しのぎにしかならないかなー。あとのことは、臨機応変に対応するしかないね」

「………」

「ま、いつものことだよねー。こうやって、奈々が率いるスター☆まいんずはやってきたわけだから」

「ふふ、そうね。いつも奈々は考える前に動いて、波風を立たせてきたものね」

「えーでも、みんな納得してたよね!?」

「リーダーの奈々先輩に逆らえませんわ」

「もう！　そうやって私だけを悪者にする！」

軽口を叩き合うスター☆まいんずの彼女たち。

ついさっきまでのどんよりとした空気が霧散している。

失敗はいつまでも引きずらない。今するべき行動に目を向け、割り切っているのだ。

そこへ来ると、やはり俺は素人。

「間抜けすぎるだろ、俺……」

ヒートアップした雰囲気に呑まれ、意気揚々とライブに臨んでしまった。

……調子に乗っていたのだろう。

彼女たちの支えになりたくて、何でもするようにしていた。バカだ。俺が、彼女たちに並び立てるわけがない。支えというのは、隣に立つことじゃない。陰から力になってあげることを言うんだ。

俺だけは冷静になって、しっかりとライブ参加は断るべきだったんだ……！

これは俺だけの問題ではない。ファンたちの気持ちにもかかわってくる。それが応援してくれるアイドルが恋人を作るなら作るで、何がなんでもバレないようにする。それが応援してくれるファンへの誠意。凛香たちにもその誠実な心はあるが、やはり情熱とワクワクが先行することもある。そんなときこそ、俺が…………。

今さら後悔しても遅い。

学校中の生徒たちは俺と彼女たちの関係を勘繰り、噂を――――。

――――噂。

頭の奥がうずくような、ひらめき。

俺は琴音さんに歩み寄り、静かな声で尋ねる。

「琴音さんが考えた台本だと、その場しのぎが限界……？」

「んー贅沢言わないでほしいな。これでもかなり頑張った方だから。体育館に人も集めてさー、なるべく騒ぎも鎮めてー……」

「ならさ。俺に考えがある。うまくいけば全部丸く収まるし、今後も安泰になると思う」

「…………詳しく」

のほほんとした琴音さんの目が鋭くなる。

凛香と奈々と清川も寄ってきたところで、思いついた作戦を説明した。

すると彼女たちは悲痛な声をあげ、全力で反対してきた。

「ダメだよ！　カズくんが一人で背負い込むなんて！」

「そうよ和斗！　それに正直、妻としてその作戦は複雑だわ！」

「先輩、今後の学校生活が地獄になりますよ？」

「構わない。俺は、構わない」

「「「…………」」」

　黙り込む三人。俺の固い意志を感じ取ってくれたらしい。

「琴音さん、俺の作戦はどう？」

「うーん、めちゃくちゃだねぇ。普通なら信じてもらえないどころか、罵倒も飛んでくる作戦だけど……今の綾小路(あやのこうじ)和斗ならうまくいく作戦かもね」

「よし、なら────」

「けどー。うまくいっても、まじでつらい学校生活になるよ？」

「俺はネトゲ廃人と呼ばれる男だ」

「ん……？」

「ネトゲ廃人というのは、必要なもの以外、すべてそぎ落としてネトゲに挑むんだ。今回も同じことだよ」

「────和斗っ」

　話を聞いていた凛香は目を見開き、感動で心を震わされたように言葉を失った。

そして清川までもが胸を押さえ、「くっ……不覚にも、私の心が……！」と、尊敬の眼差しを向けてくる。

琴音さんがボソッと「全然いいセリフじゃないけどねー。それにたぶん、人間性もそぎ落としてるよー」と呟いた。

「また……カズくんに助けられちゃうんだ……」

「奈々。これは俺のせいでもあるし、俺としても都合が良い結果になるよ」

「……………」

奈々は納得しなかったようで、申し訳なさそうに俺から視線を逸らした。

俺としてはまったく助けたうちに入らないけど……。

「この作戦を成功させるためには、橘と斎藤の力も必要だな」

あの二人ならたぶん、めんどくさそうにしながらも協力してくれるだろう。

☆

「――――」

準備を整え、覚悟を決めて壇上に上がったつもりだった。

全員に注目されている。

好奇心、興味本位、敵意――。

あらゆる感情を向けられ、喉の奥が詰まった。

教室で注目されるのとはわけが違う。

琴音さんの誘導で体育館に集まった人たちは、俺の一挙手一投足に注目している。頭の片隅で縮こまる冷静な意識が『大げさすぎない?』と呟いた。

琴音さん曰く『あえて派手なイベントにしてお祭り感覚にする』という狙いらしい。そのやり方が効果的なのかは知らないが、俺の作戦としては好都合だ。

スター☆まいんずの彼女たちは体育館の壁際に並び、俺を心配そうに見守っている。

乃々愛ちゃんと香澄さんは後方にいた。

――胡桃坂奈々とは、どういうご関係ですか。

集団の中にいる一人の男子生徒がマイクを手にし、質問を飛ばしてきた。

まるで記者気取り。そういう雰囲気を作ったのは、やはり琴音さん。

ああ……本当にイベントみたいだ。ロールプレイをしている気分になる。

途端、スーッと気が楽になってきた。現実感が薄れていく。

ネトゲをしているときの感覚に近い。頭の中がクリアになってきた。

――なぜスター☆まいんずと一緒にダンスをしていたんですか。やはりあの噂通り、メンバーの誰かと付き合っているのですか。

「…………」

何も答えない俺を見て訝しげな生徒たち。

俺は溜めに溜め、わざとらしく深呼吸する。

そして、この学校において伝説となる一言を発した。

「俺は――黒猫と付き合っています」

………………………………。

完全に静まり返った。

一瞬で絶対零度が訪れ、すべての人間が氷の彫像になったかのように固まってしまう。

だから、もう一度、ぶっこむことにした。

「俺は、黒猫と付き合っています」

――あいつ、何を言ってるんだ。黒猫？

そんな声を無視して俺は目の前のマイクに声を発する。

「胡桃坂奈々のペット、シュトゥルムアングリフと真剣にお付き合いしています」

体育館にいる生徒たちはどよめく。

――え、どういうことどういうこと？

生徒たちは隣人と顔を見合わせた。見ているこっちがおかしくなって吹き出しそうだ。

だが笑っている暇はない。ここが畳み掛けどころだ。

「俺は全くモテない男子だった。ネトゲばかりしていたからな。誰とも交流せず一人で過ごしていた」

――。

「二年になって友達が二人できた。そして、そのうち一人と、付き合ってみることにした。モテない者同士、付き合ってみるか、と」

――意味不明だ。と、騒ぐ生徒たち。

しかし、集団にいる誰かが言った。

――橘か。

――待て、そういう噂聞いたことがあるぞ。

――俺も。

――私も。

――あいつと同じクラスのやつは全員知ってるぞ。

――俺、違うクラスだけど知ってるぞ。

「しかし、やっぱり無理があるな、と。すぐに別れた。俺と橘は女の子が好きだ。すぐに別れた」

生徒たちはざわめき、数人が集団の中に紛れている橘に気づいた。

橘を中心に波紋が広がるように、次々と生徒たちは橘に視線を向ける。

――――おいお前……あいつと付き合ってたのか。

とある生徒から聞かれた橘は、「ああ、まあな」と照れくさそうに認めた。

――――なら事実、なのか。

「そして俺は、黒猫のシュトゥルムアングリフと出会った。一目で心を奪われた、癒された。それで気づいた、ああこれが恋なんだと」

――――いや違うだろ。

誰かが言った。

大丈夫、俺もおかしいとは思っている。しかし貫く。

「首輪を見ると、胡桃坂奈々の名前が書かれていたから、すぐに連絡した。シュトゥルムアングリフと付き合いたいと懇願した。なぜならシュトゥルムアングリフも俺のことが好きだから……！　始業式の日に、学校に来ちゃうくらい俺のことが好きだから……！　俺と彼女は、両想い(りょうおも)いなんだ……！」

――――。

もう誰も何も言わなかった。

ただただ、不気味なものを見るように俺を凝視していた。

そう、この場にいる全ての人間が、俺にドン引きしている。

真実だとかウソだとか、そんな疑いを持つ余裕すらない。

今、この空間を支配しているのは他でもない……俺だ。

「ふふんっ！　僕の計算によると、綾小路くんとシュトゥルムアングリフちゃんが両想いの確率は、一兆％！　相思相愛！　完璧な相性だね！」

————。

誰一人として斎藤に応えなかった。

痛い奴が一人増えた、その程度の認識だろう。

————それがなぜ、着ぐるみを着てライブすることになったのか。

と、マイクを持った男子生徒に聞かれた。

「奈々から与えられた試練だったんだ。奈々にとってシュトゥルムアングリフはかけがえのない家族。よく分からない男には任せられないと言われた。そして、力を示せと試練を与えられた。それがライブだった」

————じゃあなぜスター☆まいんずのメンバーと文化祭で回っていた？

「それも奈々の試練。猫と付き合うなら、人と接する猫の気持ちを理解しなくてはいけないと言われた。そこで猫を模した着ぐるみを着て、奈々と親しい人たちと文化祭を回ることになった」

――意味が分からん。

そう口にする多くの生徒たち。

しかし中には例外もいるようで。

――あの奈々ちゃんなら、ありえる。

――奈々ちゃんだもんな……それくらいはさせるだろ。

と、納得する奈々のファンたち。

自分で言っておいて何だが、納得されちゃうんだな。

さすがだ、スター☆まいんずのリーダーは……。

なんとなく体育館内には腑に落ちた感じの雰囲気が漂い始めた。

ここが――決めどころだ。

俺は深く息を吸い込み、奈々に向かって叫ぶ。

「胡桃坂奈々！」

「え、はい！」

マイクの音量に負けないくらい、奈々の返事は大きかった。

「俺とシュトゥルムアングリフの仲を認めてほしい！」

「え、えと、え……」

ザッと生徒たちが一斉に奈々を見る。想像以上の勢いで注目され、奈々は戸惑う様子を見せたが、すぐに気を取り直して俺にサムズアップした。
「も、もちろんだよ！　種族を超えた恋愛ってすばらしいよね！」
――――おぉ。
一組のカップルが誕生したことにより、数人の生徒が息を呑んだ。
少し間を置き、不満そうな表情を浮かべる凛香がパチパチと拍手する。清川も。
ほんの数秒という躊躇いを挟み、他の生徒たちも拍手する。
人間は流されやすいらしく、どんどん拍手が広がっていった。
体育館に響き渡る拍手――――。
よく見ると、大体の人は納得してなそうに首を傾げていた。
とはいえ、流れは完全に俺が制し、最後まで優位に立った。
俺の作戦は、成功したのだ！
思う存分に勝利の余韻という形でパチパチを堪能する。
………ネトゲでも、そうだった。
場を支配するのは、賢い人やゲームがうまい人ではない。
なにを言っているのか分からない人が、場を支配するのだ。
自分の考えだけですべてを完結させ、自分の世界だけに生きる人間……。
同じ日本語を使っているはずなのに、なぜか話が通じない。

次第に『あれ、こちらがおかしいのでは？』と思わされる。

そういう自分中心な人間が最も恐ろしい。

俺は、その人間をイメージして、この壇上に上がったのだ！

「んにゃー」

なぜかシュトゥルムアングリフが現れた。俺の足元まで来たシュトゥルムアングリフは、俺の腕に飛びつき、爪を立てて登ってきた。そして肩に乗り、ここが定位置と言わんばかりに腰を落ち着けた。

……もうつっこまない。

この猫は神出鬼没。飼い主に似て行動の予測がつかない存在だ。

パチパチパチパチ。

拍手が一層強くなる。

俺は満面の笑みを浮かべ、心の中でお別れを告げた。

さよなら、俺の青春――――。

☆

「…………」

登校したものの、俺は教室の前まで来て足を止めていた。

文化祭の件があって妙に緊張する。間違いなく俺のことは学校中の話題になっており、とくに俺のクラスでは盛り上がっているはずだ。……まだ盛り上がっているのならマシか。本気でドン引きされて距離を置かれる方がつらい。ネタにされるうちはマシだろう。

ここで突っ立っているわけにもいかないので、スゥッと息を吸い込み、呼吸を止めて足を前に出した。教室に踏み込み、『いつも通りですけどー？』みたいな雰囲気を出して自分の席に向かった。こそこそと話し声が聞こえてくる。

「来た……ネトゲ廃人……いや、猫好きの変態」

「……普通に来た。どんな神経してるんだろ」

「リーダーシップもあるイケメンでも、変態はねー」

「ほんと残念。ネトゲまではギリ許せるけど、猫にガチ恋は……」

ついにネトゲ廃人とも呼ばれなくなり、俺は普通の変態扱いを受けていた。

……ま、いいさ。これが本来の俺の立ち位置。なにかをきっかけにクラスの人気者になるなんて、そんな都合のいいことは漫画でしか起こらないさ。

と、必死に自分に言い聞かせて席についた。

「よー、お前最高だぜ」

肩をトンと軽く叩かれて横を見ると、同じクラスの爽やかな男子が立っていた。彼のそばには三人の男子もいる。彼らは敵意のない無邪気な笑みを浮かべていた。

「すげーおもしろかった！　あれは文化祭で一番だな！」

「お前って、おもしろい奴だったんだなー。これからもよろしくなっ」

「今度猫の話を聞かせてくれよ」

そう言って彼らは自分たちの席に戻っていく。遠巻きにこちらを見ていた一部の男子たちも好意的な視線を俺に送っていた。所謂、ウケた、というやつか。

女子たちからはドン引きされたが、男子たちからは好評。

なるほど、これが性別の違いかー。達観した思いで、その結論を下した。

俺としては好都合かもしれない。もし女子にもウケていたら凛香が嫉妬してしまう。男子からなら――――も、だめだったな……。凛香は男（橘）にも嫉妬していた。

「うーす」

「やあ。今日も、この僕が来たよ」

ちょっと引くくらいいつも通りの橘と斎藤が来た。まるで文化祭の件がなかったかのような態度で、これまでのようにどうでもいい日常話をくり広げてくる。

……いいな、こういうの。

なにがあっても態度を変えず、いつも通りに接してくれる友達がいる。

素直に嬉しく感じて口がにやけそうになり、顔を二人から逸らした。

そうして視界に映ったのは凛香と、凛香のもとに集まる女子たちだった。

随分と賑やかな雰囲気を醸し出している。見るからに盛り上がっていて、凛香の話を聞いている女子たちは嬉しそうに「わーっ！」とか「すごーい！」とはしゃいでいた。

「凛香ちゃん。文化祭のアレ聞いたよー。演技が上手すぎて、幽霊役クビになったって」

「ええ、今思い出しても悔しいわ。私の実力不足よ」

「え、逆に実力がありすぎたって話だったよ？　お客さんたちが漏らしたり、泣き叫んで逃げたって……」

「そうよ、つまりまだリアクションをする余裕があったということ。人間が本物の恐怖に相対したとき、なにもできず立ち竦むもの。私はまだまだね」

「あはは、それもう文化祭の域超えてるってばー。凛香ちゃん天然だね」

「天然……？」

聞き慣れない言葉を向けられ、凛香は後ろから見てもわかりやすく動揺していた。

「話しかけづらい女の子だなーって思ったけど、全然そんなことなかったね」

その一言に、他の女子たちも頷く。微笑ましい光景だ。

凛香の周りに人が集まる光景を見たのは初めてのこと。

文化祭をきっかけに、凛香はクラスに馴染んだようだ。

………俺は悪い意味で注目される人物になったわけだが。

「清川さん！　どうしてそんなことを!!」

窓の向こうに広がるグラウンドから、そんな女子の叫びが聞こえてきた。

見下ろすと、真っ先に視界に映ったのは、逆立ちをして必死に進む清川だった。

体操服を着て、本気の逆立ちをしている。清川のそばには三人の女子たちがいた。

あぁ、罰ゲームをしてるのか。……まじでやってるんだ。

軽く引いた俺だが、清川が約束を守る女の子だということが証明された。

………俺の方は完全に忘れていたのに。

女子三人は清川を止めようとしている。それでも清川は「やります！　必ずやり遂げてみせます！　いえ、やらなければいけない！　私のプライドにかけて！」と逆立ちでグラウンド一周しながら叫んでいた。とんでもない身体能力だ。

斎藤と橘も清川を見て首を傾げる。

「なんだありゃ」

「僕の計算によると、スター☆まいんずの新しい宣伝である確率が70%。体を張ってるね」

「張りすぎだろ。つうかよ、お嬢様系のアイドルが体を張らなくちゃいけねーほど切羽詰まってねえだろ」

俺と清川の間でなにがあったかを知らない橘と斎藤は不思議そうな顔をしていた。

実は文化祭が終わった後、清川と二人で話をした。

清川は、『今回は負けを認めます』と宣言し、続けて『着ぐるみを出された時点で負けは確定していました』とケロッと言い放った。

『凛香先輩が最も喜ぶことは、あなたと一緒にいること。ただ一緒にいるだけでも凛香先輩はこの上ない幸せを感じる。着ぐるみを着てきた時点で、あなたの勝ちは確定でした』というのが清川の考え。俺は思わず『清川は少しだけおバカなの？』と言ってしまい、本気でキレられて軽く蹴られてしまった。

正直、釈然しないというか、拍子抜けした気分だ。

でもまあ俺の勝ちなら、それでいいのだろう。勝った感じはまるでしないけども。

たぶん、清川は俺に凛香を取られた感じがして、なにも考えず突っかかってきたんだろうな。その気持ちもわからなくはない。

夏休みに三回起きたことだが、乃々愛ちゃんが俺にではなく梨鈴に走り寄ったことがあったのだ。そのとき、胸を抉られた。ショックだった。梨鈴に嫉妬した。そこで梨鈴の頭をめちゃくちゃに撫でまわすという嫌がらせをしてやった。

だからまあ、清川の気持ちもわかってしまう。

しばらくは付き合ってあげようかな、なんて保護者的な上から目線で受け入れることにした。

「………」

俺は、しばらく逆立ちする清川を眺めていた。清川は何度も体勢を崩して体操服を汚していた。なんか熱い光景だ。応援したくなってくる。

そこへ新たな登場人物――凛香が現れた。

俺は咄嗟に教室内を見回し、凛香がいないことを確認する。

この騒ぎに気づいた凛香はグラウンドに駆けつけたようだ。

凛香は逆立ちする清川に歩み寄り、その足首をつかんで支えた。

「え――凛香先輩!? なにをして……!」

「かわいい後輩を支えてるのよ」

「い、いけません! 私の足を持つなど……汚いですわ!」

「汚い? いいえ、とてもたくましく、綺麗だわ」

「綺麗……?」

「この足は、綾音をずっと支えてきたのよ? たとえ泥まみれになろうと輝きは失わないわ、決して」

「り……凛香先輩ぃぃぃ!」

逆立ちしたまま涙を流す清川。謎の感動がそこに生じていた。

清川は凛香に支えてもらいながらグラウンドをゆっくりと回る。

「結局、なんだったんだ……」

そんな一言が、俺の口から漏れ出た。

言えることがあるとすれば、清川は賢そうな見た目をしているけれど、あまり賢くないということ。メガネをかけている人は賢そうに見えるのと同じく、お嬢様っぽい子は賢そうに見える。

しかし、清川のように例外となる女の子もいる……ということなんだろうなあ。

私、清川綾音がスター☆まいんずに加入したきっかけは、仮装して河川敷を歩いたことだった。

仮装した理由は単純で、今の自分を変えたいというもの。

私は押しに弱く、他人に求められた経験がなかった。日陰でジッとしているようなタイプで、休み時間は校内探索して時間を潰す……そんな日々を過ごす地味な少女。

そんな自分が嫌で変わりたいと願い、まずは見た目から変えることにした。

憧れの姿に見た目を変えれば、自分自身も変えられると思ったのだ。

お嬢様として堂々と街中を歩き、周囲からそういう存在として見られる……。

そうなることで、理想の自分になれると無邪気に信じていた。

けれど目立つ服装で街中を歩く勇気が、そのときの私にはなかった。

そこで最初は夕方の人気が少ない河川敷を歩くことにした。

ちょっとずつ人目に慣れていくという作戦。

実際に河川敷を歩き、私は致命的な失敗をしたと理解した。

環境に合わない服装は悪目立ちする。この格好は、明らかに河川敷において浮いていた。

目立ちすぎる。もしかしたら街中を歩くよりも注目されているかもしれない。

しばらく歩いてからそのことに気づき、恥ずかしさでうつむきながら帰ろうとしたときだった。歌の練習をしている女の子がいた。女の子といっても年は大して変わらなそうな見た目。肩の上でさらさらと髪の毛を揺らす彼女は、一人で幸せそうに歌っていた。

私が彼女を見ながら道を歩いていると、ふいに彼女は振り返った。目が合った。

すると彼女はパッと目を見開き、猛烈な勢いで走り寄ってきた。そして――――。

「すっごくかわいいね！　お嬢様!?」

と目を輝かせて話しかけてきた。

私は「え、あの……はい……」と口ごもりながら答えた。

彼女は遠慮することなく、「よかったら、一緒にアイドルにならない!?」と言ってきた。

私は目を丸くして「…………は？」と一言を発するのが限界だった。

そう、彼女こそが胡桃坂奈々。スター☆まいんずのリーダー。

純粋な感情のままに生きる女の子。勢いだけで生きているイノシシ系女子。

こんな意味不明な誘い、普通なら断るに違いない。

でも……このまま家に帰れば、私は見た目を変えることもやめてしまうという予感がしていた。目立つ服装で河川敷を歩いた、それだけで人生一番の達成感を得ていたから。

そのことをわかっていた私は、『この誘いに乗れば、理想の自分になるために最後まで頑張れるかも。きっと、これが最初で最後のチャンスだ』と決意を固めた。

なによりも、突然スカウトされる――――。

その出来事が、主役になったような特別感を私に味わわせた。

こうして奈々先輩の勢いに身を投じ、アイドル活動に励むことになった。

もちろん順風満帆とはいかず、様々な苦労を重ねる日々を送った。

ある日、小森梨鈴さんがやって来た。

というより、奈々先輩に担がれて私たちの前に現れた。

とてもやる気なさそうに梨鈴さんは「……ソシャゲ、課金。金くれ」と言った。

それが、凛香先輩と私に向けて発した初めての言葉だった。

気づいたらＫＭさんもいた。私たち五人はバラバラだった。

アイドルになりたい動機や頑張る理由も異なる五人。些細な衝突をくり返し、価値観でもぶつかり合った。長くは続かないだろうな、と私は薄々感じていた。

他のメンバーもそう感じていただろう。奈々先輩も苦しんで悩んでいた。

でも、凛香先輩だけは違った。真剣に現実と向き合い、もがいていた。

ストイックに努力を重ねていた。悩む暇があるなら動いていた。

クールな人間なのに、刹那的な熱量を迸らせ、命を削るように頑張っていた。

もしかしたら、その行為も現実逃避の一つかもしれない。

でも、グッときた。

感動した。

自分を否定し、安易な手段で憧れの姿になろうとした私と違い、凛香先輩はあるがままの自分で戦っていた。正しいやり方ではなかったとしても、私には美しく見えた。

そして気づかされた。

私は、がむしゃらに努力することから逃げていたのだと。

変わりたいと思っているくせに、死に物狂いで頑張らない。

アイドルになってからも、それは同じだった。

頑張ってはいるけど、気持ちほどのものではない。

夢に向かって程々に頑張る自分に満足していた。

そのことに気づいてから私は凛香先輩ばかりを見るようになり——私が凛香先輩を尊敬するようになるまで、そう時間はかからなかった。

そばにいて支えたいと渇望するようになった。

汗をお拭きし、靴を磨き、床に落ちた凛香先輩の髪の毛を回収して……。

そんな日々を過ごしていると、凛香先輩の口から「ネトゲ」という聞き慣れない言葉が飛び出した。

聞くところによると、香澄さんに勧められてネトゲを始めたらしい。

凛香先輩のイメージに合わない。本人も楽しくないとぼやいていた。

それでもしばらくは続けてみると言い、本当に続けていた。

さすがは凛香先輩、自分の好みだけで物事を切り捨てるのではなく、しっかりと物事の本質を見極めようとしている。尊敬する気持ちが天井知らずに上がった。

だから、私もネトゲをすることにした。

といっても私はゲームをしたことがない。操作から慣れる必要があった。

安いゲームパソコンを必死に探して購入した後、マウス操作に苦しんだり、人差し指でちょんちょんとキーボードを押してなんとか黒い平原をダウンロードした。

会員登録とアカウント作成もし、いざゲームを起動したものの、なぜかまともにゲームが動かない。何度も画面が止まったり、遅かったりする。試しにグラフィック設定を最低にすると、ギリギリ動いた。

ネットで調べると、パソコンのスペックの低さが原因らしい。どうしようもない。

マウスとキーボードにも不慣れな私は、当然のように下手くそなプレイしかできない。

こんな下手くそな私が凛香先輩と遊ぶことは許されない。

もっと上手(うま)くならなくては――――。

いや、凛香先輩よりも上手くなろう。凛香先輩をエスコートできるだけのプレイヤーになり、心の底から楽しませてあげたい。

アイドル活動では足を引っ張ってしまう私だが、せめて娯楽関連では凛香先輩の支柱となる存在になりたい。

必死に……必死に頑張った。睡眠時間を削り、学校の休み時間では黒い平原のプレイ動画を観て勉強した。マウスとキーボードを動かすイメージトレーニングも怠らなかった。

当然、アイドル活動の方も死ぬ気で頑張った。

尊敬する人のためであれば、人間は限界以上の力を発揮できるらしい。

自分でも驚くほど、ゲームの腕前とアイドルとしての能力が伸びていった。

初めて必死に生きているという実感を得られた。

人間というのは、誰かのためになりたいと本気で思うことで、真の力を発揮できると知った。

そうして私は、アイドルとしては未熟でも、ネトゲでは凛香先輩をエスコートできるだけの存在に成長した。手元を見ずにキャラを操作できるようになり、黒い平原におけるあらゆる遊び方を知識として習得した。

今の自分なら、ネトゲだけど凛香先輩を支えられる――――。

幸せと期待で胸を膨らませ、「私もネトゲを始めてみました。今晩、一緒にしませんか？」と、奈々先輩と楽しそうにお喋りをしている凛香先輩に声をかけようとした、その直後だった。

「凛ちゃん。そのカズくんて人、優しいねー」

「ええ、かけがえのない人と言ってもいい……。ネトゲ内の——いえ、私自身の支えになっている人よ」

——初めて見る、凛香先輩の幸せそうな笑み。

その笑みを浮かべさせるのは、私だったはずなのに。

☆

その日、俺はルンルン気分で凛香の家に向かっていた。

というのも乃々愛ちゃんからのお誘いで、一緒に遊ぶことになったのだ。

嬉しいことに凛香もいて、今日は三人で遊べる。天国に向かってスキップしてる気分だ。

凛香の家の前まで来た俺は連絡してドアを開けてもらう。

すると出てきたのは、執事服を着た凛香だった。

「おかえりなさいませ、ご主人様」

「え、かわいいけど……なんでその服？」

「乃々愛が気に入っちゃって……。たまに執事服を着せられているの」

「……大変だな。でも、うん……とっても良い」

凛香に執事服はとても似合う。思わずガッツポーズしてしまった。

「和斗は、こういうのが好きなのね」

「好きな人が特別な服を着ていると、こう……胸にグッとくるものがあるんだ。それも、スマホの待ち受けを執事になった凛香にしちゃうくらい」

「……そ、そう。そんなにいいのなら……毎日着ようかしら。さ、早く上がって」

ポッと頬を朱に染める凛香。珍しく照れたらしい。

凛香の部屋に入ると、乃々愛ちゃんが真っ白なドレスを着て机の前に座っていた。

――お嬢様だ！　かわいい！

俺は両手を口に当てて、感動から体を震わせる。言葉にもならない。

「あー！　かずとお兄ちゃんだ！　ねね、わたし、かわいい？」

「……かわいい？　かわいいオーラにあふれてて、息もできない……」

「……ご主人様？」

隣に立つ凛香がじろりと睨みを利かせてきた。怖すぎて一瞬で冷静になった。

「私に対する反応と、あまりにも違うわ。不満よ」

「いや、その……かわいさの重みが違うと言いますか」

「どういうこと？」

「凛香のかわいいは胸に染み込んでくるかわいらしさで、乃々愛ちゃんのは興奮するかわいらしさなんだ」

「よくわからないわ……ロリコンの夫が言うことは」

「ロリコンではないです！　本当に！」

ぷいっと横を向いた凛香は不満そうに唇を尖らせ、じっと壁を睨んでいた。

「かずとお兄ちゃん、お嬢様ってよんでー」

「乃々愛お嬢様」

「んぅ、えへへー」

とろけるような笑みを浮かべて、乃々愛ちゃんは幸せオーラを放つ。

そして乃々愛ちゃんは凛香に走り寄って満面の笑みを向けた。

「凛香お姉ちゃんもー」

「……乃々愛お嬢様」

「ねね、もう一回！」

「凛香お嬢様」

「ちがうー！　わたし！」

「乃々愛お嬢様」

「わーい！　次はだっこしながら言ってー」

ベタ甘えだった。凛香もちょっとした冗談を交えて乃々愛ちゃんを喜ばせている。

本当に仲がいい姉妹だなあ。見ていて心が洗われる。

俺は二人のやり取りが落ち着いたタイミングを見計らって凜香に聞いてみた。

「ひょっとして……ずっと言わされてる？」

「ええ、まあね。仕方ない子よ」

呆れたような言い方だが、凜香の口は嬉しそうに緩んでいた。

「凜香お姉ちゃん、おやつの時間ー」

「すぐにお持ちします」

凜香は乃々愛ちゃんを机の前に座らせて部屋から出ていき、プリンを持ってきた。

あーんを要求してくる乃々愛ちゃんに、凜香はスプーンを持って食べさせてあげる。

まさにかわいいわがままお嬢様に仕える執事。ただ少しだけ疑問があった。

「あっ！」

乃々愛ちゃんは思いついたように立ち上がり、たたーっと部屋から出ていった。

その間に俺は思ったことを凜香に聞く。

「凜香ならわがままを言っちゃだめって怒りそうな気がするんだけど」

「そうね……。でも、私はアイドル活動で忙しくて、乃々愛の相手をしてあげられないことが多かったの。時間があるときに、遊び相手になりたいと思っていたからちょうどいい機会だわ」

「そっか……」

なんだか姉の愛を感じる優しいセリフだった。

「それに、わがままを言っていても乃々愛はかわいいわよ」

そう凛香(りんか)が微笑(ほほえ)んだ直後、乃々愛ちゃんがピューンと戻ってきた。その手にはプリンとスプーンがある。

「凛香お姉ちゃん！　こんどはわたしがあーんしてあげるねー」

自分だけではなく、相手にも……。天使だ。

凛香は俺を見て、「ほら、かわいいでしょ？」と微笑んだ。

「かずとお兄ちゃんにもあーんしてあげるねー」

「天使のあーん……！　お、ぅ……ぉぉ！」

「和斗？」

微笑みを瞬時に消し、おそろしいジト目を俺に向ける凛香だった。

☆

おやつの時間が終わった後、俺も執事服に着替えてお嬢様ごっこに付き合う。

服は香澄さんに返却していたので、香澄さんの部屋に一着あった。

遊びはとてもシンプルなものだった。乃々愛ちゃんに『家の中にあるウサギのハサミを取ってきて』と言われたら、凛香と競うように探して持っていく。他にもいろんなものを持っていかされた。当たり前だが俺は勝てない。その遊びが終われば乃々愛ちゃんを背中に乗せて部屋内を歩き回ったり、凛香と二人で乃々愛ちゃんの頭をひたすら撫でた。とにかく乃々愛ちゃんを甘やかす時間……。

これがめちゃくちゃ楽しい。夢中になり、気づけば夕方になっていた。

俺たちに命令しただけの乃々愛ちゃんだが、ずっと興奮していたので疲れたらしく、凛香のベッドで横になり寝息を立て始めた。

「乃々愛ちゃん……すごく元気だな……」

「ええ。でも、同年代の子に比べると少し子供っぽいかしら」

「ずっとこのままでいてほしい……！」

切に願う。もし乃々愛ちゃんが『おい和斗ー。お年玉くれよー……ちっこれだけか』とか言う女の子に成長したら、俺はすぐさまこの世からログアウトするだろう。

「和斗はえらく乗り気だったわね。私にはしないことを乃々愛にはしていたわ」

「それは……俺たちは主従関係じゃないだろ？　たとえ遊びだったとしてもさ」

「なるほど、そういうことね。私たちは何があろうと愛し合う夫婦、和斗のお嬢様に対する態度と、妻に対する態度は違って当たり前……。簡単なことに気づいてなかったわ、ごめんなさい」

「ううん、謝ることじゃないよ」

夫婦と言われることに心理的な違和感がなくなってきた。

なんかもう本当に凛香とリアルでも結婚している感覚だ。

「ねね。夫婦と恋人って同じだよね？」

俺たちの話し声で目を覚ましたらしく、薄らとまぶたを開けた乃々愛ちゃんが尋ねてきた。

「同じではないわ。恋人はお互いを特別な関係と認め合ったことを言い、夫婦は一生共にいることを誓い合った関係よ」

「そうなんだー。アキちゃんがね、言ってたの。恋人といると、胸がキュンキュンするんだってー」

「え、もしかしてアキちゃん、恋人がいるの？」

「うんー」

俺に対し、乃々愛ちゃんはあっさりと頷いた。アキちゃんはこのマンションに住む乃々愛ちゃんの友達で、小学一年生だ。恋人を作るには早すぎる気が……？

「一応聞くけど、どんな子と付き合ってるの？」

「えーとね、同じクラスの山里くん。ドッジボールが得意な男の子ー」

「そ、そうなんだ……。もう一つ、いいかな？」

「んぅ？　いいよー」

「乃々愛ちゃんは……誰とも……付き合ってないよね？」

「うんー」

本気で安堵した。乃々愛ちゃんの返事を聞くまで心臓がバクバクして、全身から汗が噴き出していた。

「いいかい乃々愛ちゃん。もし誰かに告白されたら、返事をする前に、俺に相談するんだぞ？」

「うんー」

「乃々愛ちゃんに好きな人ができても、俺に相談するんだぞ？」

「うんー」

自分のことながらキモイなーと思いつつニコニコ顔の乃々愛ちゃんに念押しした。

隣にいる凛香も「私にも相談して。姉として乃々愛の相手を見極める必要があるわ」と俺に便乗していた。俺たち乃々愛ちゃんのこと好きすぎるだろ。

「えーと、恋人になってから夫婦になるんだよね？」

「お互いのことが好きなままでいれば、一般的にはそうなるでしょうね」

「んぅじゃあ、凛香お姉ちゃんとかずとお兄ちゃんも恋人だったことがあるんだねっ」

「……え？」

「凛香お姉ちゃん、胸キュンキュンしたー？」

「…………」

「してないの？」

「私と和斗は……友達関係から結婚したの。恋人だった時期はないわ」

「じゃあ凛香お姉ちゃんは、恋人の甘酸っぱさを知らないの？」

「恋人の……甘酸っぱさ？」

「うんー。アキちゃんが言ってたの。胸がキュンキュンするだけじゃなくて、恋人は甘酸っぱいんだってー。恋人がいると楽しいって言ってた」

「…………」

黙り込む凛香だが、乃々愛ちゃんは無邪気に言った。

「凛香お姉ちゃんは、恋人の楽しさを知らないで、かずとお兄ちゃんと夫婦になったんだね」

「――――うっ！」

乃々愛ちゃんに決して悪意はない。事実を口にしただけ。

しかしその事実は凛香の胸を深く抉った。凛香は自分の胸に手を当て、ぐっと呻いた。

乃々愛ちゃんは「わたしもキュンキュンしてみたいなー」と恋を想像してニコニコし、
凛香は「恋人の楽しさを……私は知らないで和斗と……」と呟く。

俺は乃々愛ちゃんに恋人ができた未来を想像してしまって、致死量となる精神的ダメージを受けて血を吐く勢いで倒れてしまった。

☆

凛香が恋人という関係について悩んでいる――――。

フレンドからいきなり夫婦になったと思っている凛香は、乃々愛ちゃんの言葉を聞いてから恋人の楽しさを見過ごしてきたと考えるようになってしまった。

俺としては恋人っぽい甘酸っぱさを感じているつもりだが、凛香は夫婦という関係にこだわっている。妙なズレが生じていた。

そして凛香は、苦楽を共にしてきた仲間に相談したらしい。

「この私が！　恋人が何たるかを教えてさしあげますわ！」

胸を張って自信満々に言う清川。場所は俺の部屋。凛香と奈々、梨鈴もいる。ＫＭさんを除いたスター☆まいんずのメンバーが集結していた。中々にすごいことだと思う。

「ちゅうだよ、ちゅう！　ちゅうするのっ！　ね、凛ちゃん！」

「だからムリよ！　前にも言ったけれど、みんなの前でそんな……！」

「じゃあほっぺ！」

「それなら……んん、もっと雰囲気があれば……」

腕を組んで悩む凛香に、奈々はやたらとキスを力説していた。

「奈々先輩、お言葉ですが、いきなりキスはありえません」

「ええ？　そうかなー」

「まずは視線同士を触れ合わせて互いに合図を送り合い、気持ちを高めていくのです」

「ちゅうして気持ちを高めていけばいいんじゃないの？」

「奈々先輩………っ」

頭が痛そうに清川はこめかみを押さえる。奈々はいろんな意味ですさまじい。発言だけを聞けばビッチ的な印象になるが、奈々の発言と考えると、彼女らしい勢いを感じる。

「ちゅうだよ！　ちゅうで雰囲気作り！」

「いいえ！　まずは視線！　視線！」

「ちゅう！」

「視線！」

二人はギャーギャーと子供みたいに言い合う。

その二人の間にいる凛香は珍しく困り果てた顔をしてオロオロしていた。

自分の悩みが発端だから強く言い出せないのかもしれない。

俺も口を挟めるタイミングが見つからず、傍観している梨鈴に話しかけることにした。

「そういえば梨鈴はいいのか？」

「……なにが？」

「凛香が俺といちゃつくところ、あまり見たくないんじゃないかと思ってさ」

「……見たくない。でも、機会があるなら見たい。見たくないけど、ついつい見たくなってしまう。そういうやつ」

「なるほど」

わからん。それが梨鈴の感性ということだろうか。

程なくして奈々と清川の言い合いは決着がついた。

「わかった。今回は綾音ちゃんに譲るよ」

「ふふ、必ずや完璧な恋人の甘酸っぱさを凛香先輩に体験してもらいますよ」

最も楽しんでいるのは、この二人かもしれない。見ていて、そう思った。

清川は俺と凛香に指示を飛ばす。

「では、ベッドに座って向き合ってください」

凛香がベッドに座ったので、俺も流れに逆らえず隣に座る。

………今更だけど、俺はやるとは言ってないんだけどな。

急に凛香と奈々と清川が家に押しかけてきて、梨鈴が入れて……気づいたらこの状況だ。

しかしここで俺が『やらない』と言おうものなら、激しいバッシングを浴びせられる気がする。まあ文化祭のライブのようなリスクはないし………構わないか。

「まずは手に優しく触れて、そっと握ってください」

凛香は言われた通りに、俺の手の甲にちょんと指先で触れ、優しく撫でた後、ぎゅっと包み込むように手を握ってきた。

凛香の顔は真っ赤だ。仲間に見られながらもあるだろうが、こんなじっくりと、いちゃつく目的で向き合うのも初めてな気がする。俺も顔が熱くなってきた。

「顔を近づけ合ってください」

「互いに、優しく頬を触れ合って……そう、そうですよ」

ドキドキする雰囲気。奈々も興奮して鼻息を荒くしている。梨鈴はあぐらをかき、貧乏ゆすりを激しくさせた。

凛香の吐息で鼻先をくすぐられる。

………このまま顔を前に出せば、唇が当たる。

この一瞬だけ理性が吹き飛び、衝動に突き動かされかけたが――。

「う……あっ、だめ、恥ずかしい！」

と叫んだ凛香に、軽く胸を突き飛ばされた。やっぱりこうなるのか。

「耐えて凛ちゃん！　それが恋人の甘酸っぱさだよ！」

……たぶん違う、と思う。

「見られているのが恥ずかしいのよ！　いえ、まあ、和斗と近いのもあるけれど！　明るいのもあるけれど！」

凛香は珍しく声を荒らげて昂っていた。本当に余裕がない様子。

「ふむ……あ、そうですわ！」

清川が名案を思いついたとばかりに、ふふんと得意げに笑った。

——数分後。

ベッドから二歩ほど離れた位置に椅子が置かれており、背もたれにスマホがたてかけられている。ビデオ通話で、ベッドに座る俺たちの様子を映しているのだ。無論、別室にいる奈々と梨鈴と清川がバッチリと観ている。

恋人としての甘酸っぱさを得るためになにをするのか、俺はすでに清川から教えてもらっているので、それを今から行う。

奈々と清川と梨鈴が見る必要なくない？　と思ったが、『ちゃんとできているか確認しなくちゃいけない！』と奈々と清川から強く言われた。

凛香も「せっかく相談に乗ってもらって、アドバイスももらってるし……」と妙に控えめな態度を見せた。仲間に頼るときは、受け身というか謙虚になる凛香だった。以前からもその傾向があったが、迷いや悩みが生まれたときの凛香は意地を張るか弱々しくなる。

ベッドの縁に座り、凛香と見つめ合った。

「――――」

恥ずかしそうに目を背ける凛香。かわいい。

「大丈夫？」

「……………」

こくっと小さく無言で頷く凛香。緊張しているのが手に取るようにわかる。

スター☆まいんずの彼女たちに直接見られていない分、マシかもしれないが……。

「ごめんなさい、和斗」

「え？」

「恋人ならではの思い出を作らず、先に夫婦になってしまったわ。まずは交際を申し込むべきだった………私は先走ったのよ」

「そんなの、まったく気にしてない。俺に変な気を遣わなくていいよ」

「……和斗」

「俺は凛香にずっとドキドキしてるし、凛香も同じだと思う」

「ええ、ドキドキ……してるわ、とっても」

「凛香。俺たちは夫婦でありながら、恋人の甘酸っぱさを味わっているんじゃないかな」

「夫婦でありながら――――！」

凛香はハッとして目を見開く。まあ俺たちがやってきたことは恋人のそれだと思うし。

「和斗、ありがとう……」

「ううん、これくらいのこと……」

顔を近づけ合ったまま、囁くように喋る。スマホ越しに見られていることも忘れ、自分たちだけの世界に没入する。そんなときだった。

ドタバタと階段を上がる慌ただしい足音がドアの向こうから響いてきた。

何事かと思っているとバン！ とぶち壊す勢いでドアが開かれ、梨鈴が飛び込んできた。

「「梨鈴!?」」

「……や、やっぱりムリ……我慢、できないぃぃぃ！」

「「梨鈴ー!?」」

梨鈴が助走をつけて、思いっきり凛香にダイブした。

ベッドが派手に軋み、梨鈴は凛香を押し倒した姿勢で「……ふっ、ふぅ」と荒くなった吐息を凛香の顔にかけた。ガチの変態ていうか犯罪者だ。

「……凛香さんの……凛香さんのふとももは、私のもの」

「えっ――――」

梨鈴は昆虫並みの素早い動きで凛香のふとももにしがみつく。頬ずりもする。溜まった欲望を抑えきれず、ガチの変態になって欲望を発散していた。

「ちょっと梨鈴！　やめ、やめて！」

「……むふー。ずっと……こうしたかった」

「和斗！　助けて！」

「え？　あぁ……」

手出しが難しい。もみくちゃになって二人の服が乱れているから視線のやり場にも困る。

そうこうしている間に、奈々と清川も部屋にやってきた。

奈々も「わーなんか楽しそうだね！　よーし、私も！　えーい」と凛香にダイブした。

そして「凛ちゃん凛ちゃん凛ちゃん凛ちゃーん！」と甘えん坊の大型犬のように凛香をベッドに押さえつけ、ぎゅーっと抱きしめる。梨鈴も負けじと凛香のふとももにすがりついていた。………なんだこれ。凛香が襲われている。

「な、なんですかこの事態は……！」

唖然（あぜん）とする清川。俺と清川は今だけ同じ気持ちを抱えている。

団子のようにわちゃわちゃと絡み合う三人の人気アイドル。ある意味でレアな光景。

ただ、なんとなく見ていて脳が癒される光景ではあった。ほんとなんでだろうな、女の子が楽しそうにイチャイチャする光景は悪くない。……健全なイチャイチャに限るけど。

「こんなはずでは……梨鈴さんの突発的な行動までは読めない……ガチの誤算ですわ」

ボーッとしていたら聞き逃していたほどの小さな声。

そっと清川の顔を見ると、悔しそうに顔を歪(ゆが)めていた。

☆

日曜日の昼。凜香からデートに誘われ、駅前広場で待ち合わせをすることになった。

初めてデートしたときは、凜香の正体が一般人にバレかけ、途中で凜香の家に避難した。

そのこともあって凜香は変装に磨きをかけたらしい。

自撮りが送られてきたので見ると、ポニーテールにした頭に深く帽子をかぶせ、サングラスで目を見られないようにし、大きなマスクで顔の殆(ほとん)どを隠していた。これは誰かわからない。ただ、ちょっと不審者っぽい。あとかわいい感じは隠しきれていなかった。

この変装で何度か街を歩いたところ、一度もバレなかったそうだ。

それなら問題ないかな、ということで俺は凜香の誘いにオッケーを出した。

駅前の広場に到着し、すでに来ていた凜香と合流する。

「お待たせ」

「そうね、一時間も待ったわ」

「……今の時間、待ち合わせの三十分前なんだけど」

「ワクワクが抑えられなくて、早く来てしまったの。夫を待つ時間も意外と充実していたわ」

マスクで顔は見えないが、優しく微笑(ほほえ)んでそうな気がした。凛香らしい。

「そういえば、行きたい場所があるって電話で言ってたけど……」

「将来に備えて、和斗と見ておきたい物があるの」

「将来に備えて？　デートじゃないの？」

「もちろん夫婦デートも兼ねているわ。和斗はようやく夫として自覚してくれたでしょう？　だから本格的に将来にも目を向けていきたいの」

「夫としての自覚……」

「あら、先日言ってくれたじゃないの。俺たちは夫婦でありながら、恋人の甘酸っぱさを味わっている――てね」

「あ、ああ」

たしかに言った。それは凛香に合わせた言い方をしたつもりだったが、自然と出た言葉でもあった。凛香が夫婦と言ってくることにおかしいとは思うが、それは常識的におかしいと判断しているだけで、俺個人の感覚では割と普通になってきている。

……普通になって当たり前だ。ずっと言われているんだから。すり込みに近い。

「さあ行きましょう……えと、その」

「ん？」

凛香が俺の腕をジッと見たかと思いきや、自分の腕を近づけては離してをくり返す。

「どうしたの？」

「……う、腕を組むのは……どうかしら。夫婦デートらしい、と思うのだけれど」

「………………」

「和斗？」

「いいと、思います」

一瞬の間を置き、凛香がスルリと腕を絡ませてくる。思い返せば、初めてのリアルデートでは手を繋ぐのにも緊張していた。今も腕を絡ませる行為に緊張しているけれど、まだ落ち着いていられる。……それだけの時間を凛香と過ごしてきたんだなあ。

ついたのは大型ショッピングセンターだった。

案内図を見て、凛香は「そこね」と呟き、迷わず足を進める。

俺は目的地を聞かず、あえて凛香に委ねていた。どこへ連れていかれるのか楽しみでもある。将来と言うからには勉強に関連したことだろうか。本屋さんの可能性が高い。いや、凛香のことだから二人暮らしを始めたときに備えて家具を見に来たとかもありえる。

あらゆる予想を立てる中、連れて来られたのは、赤ちゃん用の商品が並ぶ店だった。

数種類のベビーカーやベビーベッドが用意されている。おぉ……予想を超えてきた。

「さあ行くわよ、和斗」

「うそー……」

入るのも本気で恥ずかしい。不幸中の幸いで他にお客さんはいないが、それでも赤ちゃん関連は恥ずかしい。だってもう、店員さんに見られたらどんな想像をされるか……。

ためらう俺を気にせず、凛香（りんか）は俺と腕を組んだままズイズイと店内に進む。

なぜ、こういうときは恥ずかしがらないんだ！　ほんと直接的な行為以外では大胆だ。

ベビーカーを見ていく凛香は「これとかいいわね……でもこっちもかわいい……これは男の子向けかしら。あ、こっちは赤ちゃんの顔が見えるようになってるのね」と笑みをこぼす。実際に触って感覚も確かめていた。

俺は照れくさくて、子供のように凛香の背中についていくことしかできない。

夢中になっていた凛香は「はっ」と声をあげ、こちらに振り返った。

「ごめんなさい和斗（かずと）。夫の意見も聞かずに……」

「いや、いいんだ。でもちょっと俺たちには早いかなって」

「そうよね……。ベビーカーの前に考えることがあったわ」

「そうそう」

「ベビーベッドよ」

「違う」

今度はベビーベッドのエリアに行く。何種類か用意されており、材質によっても違いがあった。他に、高さを調整できるベビーベッドや折りたたみタイプもある。

なにを基準に選んだらいいのかわからない。凛香も悩んでいた。

そこへ店内にいた四十代くらいの女性店員がニコニコ顔で近寄ってきた。

「なにかお悩みでしょうか」

「……将来に備え、予習しに来ました。けれど決め方がわからなくて……」

正直に答えた凛香だが、声を低めにしていた。正体がバレないように、ということか。

店員さんは共感を表すように、うんうんと頷く。

「ところでお二人は、いつ頃にご結婚を……」

「二年前です」

「あっそうなんですね。失礼ですが、大学生でしょうか」

「いいえ、違います」

「ですよね申し訳ございません。お若く見えたので……」

「私たちは、まだ高二です」

「……んえ?」

素っ頓狂な声を発する店員さん。丸くさせた目を凛香に向けていた。

しかし凛香は取り乱さず堂々としているので、店員さんもひとまず合わせることにした
らしく、ニコニコ顔に戻して追求はしなかった。

「すでに、お子さんを意識する段階に入られているんですね」

「はい。少し気が早いとは思いますが、夫が子供好きなので……」

「あらー。でしたらオススメはあるんですけど、一応双子だった場合も考えておきましょう」

「双子……。わかりました」

「こちらのベビーカーでしたら並んで――――」

店員さんの説明を真剣に聞く凛香。俺が入る余地はなさそうだ。ていうか入りづらい。

二歩ほど距離を置き、それっぽく頷いておく。なんかもう、とにかく恥ずかしい。

凛香との子供を意識するだけでも頭が沸騰しそうになった。頬が熱い。

「旦那さん、夜の方も元気なんですね」

「ええ……中々寝かせてくれないこともあって……」

「あらまー。ならもう時間の問題ですね」

一体なんの話をしてるんだよ……。店員さんがなにを想像しているのか知らないが、凛香が言ったのはネトゲの話だ。たまに徹夜でネトゲをしている。そのことを凛香は言ったのだろう。店員さんは別のことを想像しているみたいだけど……。

いたたまれなくなった俺は心を無にして、やり過ごすことにした。

☆

家に帰る頃には夕方になっていた。

店員さんから話を聞いた凛香は『もっといろんなことを知っておきたいわね。赤ちゃん用品だけではなく、家の広さも重要よ』と真剣な顔をしながら帰った。さすがは夫婦を主張するだけある。考えることは恋人のそれではない。

「ん？」

家の前に、見覚えのある黒い車が止まっていた。

もしやと思いながらそばを通ると、清川が降りてきた。

「待っていましたわ」

「清川？」

「彼を知り己を知れば百戦殆うからず」

「は？」

風が吹き抜ける。清川は俺に指をさし、静かな声で言い放った。

「私はあなたに、再戦を申し込みます」

「再戦？」

「はい。全てをかけた、最後の勝負をしましょう」

☆

「……お兄？　ボーッとしてない？　真面目にやってほしい」

「あ、あぁ……ごめん」

後ろにいる梨鈴（りすず）から注意され、俺は目の前のパソコンに集中した。マウスを握り直して気を取り直す。梨鈴との対戦中にボーッとしてしまった。

清川と話をした後、俺は梨鈴の練習に付き合わされていた。

梨鈴は黒い平原でＰＫされてムカついたそうで、仕返しするために実力を磨きたくなったらしい。梨鈴を倒した相手を調べると、何年もプレイしている中堅クラスだった。でも梨鈴のセンスならそのうち勝てるようになるだろう。こうして練習もしてるし。

「……また負けた……ちっ」

またしても俺に負けた梨鈴は露骨な舌打ちをした。

経験差もそうだが、キャラ性能と装備差を考えると俺が負けるはずがない。

「……お兄。さっき、なぜボーッとしてた？　舐（な）めプ？」

「ごめんごめん。違うよ」

と謝りながらも思い出してしまう。清川に再戦を申し込まれたときのことを。

「最後の勝負……」

「ええ、最後の勝負です。私は文化祭での一件で納得していません」

まあ勝負した感じでもなかったしなあ。

勝手に清川が負けを認めて逆立ちでグラウンド一周しただけだ。

「私は、あなたが最も得意とする分野で戦いたい」

「俺の得意分野？」

「はい。それでこそ人の真価が測れるもの……」

「俺の得意分野はネトゲなんだけど」

「構いませんよ。たしか黒い平原……でしたね。それはプレイヤー同士で戦えるのでしょうか」

「うん」

「わかりました。では勝負の日までに練習します」

「いやーちょっと練習したくらいじゃあ厳しいと思う。それこそ二年か三年……俺が相手ならもっとやりこまないと」

「ふふ、本当に自信がおありのようで」

「そりゃまあ……俺の人生の大半はネトゲだし」

生活の一部、というよりもネトゲをするための生活だったとも言える。

凛香に出会ってからネトゲをする時間は減ったが、それでもやり込んだ末に身についた実力はある。お嬢様系アイドルとして生きてきた清川はネトゲといったコンテンツを知っていたとしても、実際に触れたことはないだろう。

「正直、やるだけ無駄……かもしれない」

「ほう？」

「清川もプロのアイドルだからわかると思うけど、経験における数年の差を覆すのは並大抵のことじゃない」

「たしかにそのとおりです。しかし私の目的は、あなたに勝つことではなく、あなたが得意とする分野で戦い、あなたを見極めることです」

「見極める前に、勝負がつくと思う」

「そうならないように、頑張りますわ」

俺がなにを言おうとも清川は平然とした態度を崩すことはない。これだと、ただの初心者狩りになってしまう。

「それでは来週の土曜日の晩、でいかかでしょう」

「………」

たった一週間で清川は黒い平原に慣れるつもりなのか。それはさすがに舐めすぎだ。

ゲーム自体に慣れることはできても、対人戦に慣れることは不可能。俺がそのことを言うかどうか悩んでいる間に、清川は車に乗り込み去ってしまった。

「…………レベルと装備の差もあるし、相当きついぞ」

勝負にもならない。ネトゲというかゲームもまともにしたことがなさそうな清川には、そのことが想像できないのだろう。

俺はどうしたものか、手加減するべきか、と頭をひねることになってしまった。

「うーん。どうしようかな……。どうせなら清川にもネトゲを楽しんでほしいし……俺に負けたことで引退してほしくない」

たまにあるのだ。ボロ負けした初心者が『クソゲー！』とキレて引退することが。

「……お兄、黒い平原ではそれなりの有名人だったんだ」

「んー？」

俺のベッドに寝そべってノートパソコンを触っている梨鈴が、感心したように言った。

「……試しに『黒い平原　カズ』を検索したら動画が何本か出てきた」

「あー。あるかもな。昔のフレンドの中に、配信や録画を趣味にしてる人がいたから」

「……個人戦、ギルド同士の戦い……プレイヤー主催のトーナメント……いろいろある」

「見られるの、ちょっと恥ずかしいな」

「……トーナメントのやつ、四位だ。一位じゃない……へっ」

「バカにするなよ。相手が本当に上手かった。俺も自信はあったけど、才能の差を感じたよ」

上の世界で戦う連中は、もはやなにをしているのか理解できないことがある。普通に戦っているように見えて、あらゆる工夫とかけひきが行われているのだ。

「俺は素人の中でなら無敵、てとこかな」

「……素人。ネトゲ、素人……へっ」

「ネトゲを！　舐めるな！」

「ピッ」

俺の唐突の怒声に、梨鈴は小さな悲鳴を発して飛び跳ねた。

梨鈴は小声で「……ないわー。キレるとかないわー。そんなにキレること？　まじこわ。まじこわネトゲ廃人」とブツブツ言い始めた。怒鳴ることはなかったかなーと冷静になった俺は恥ずかしくも感じ、話を変えることにした。

「たとえばの話なんだけど」

「……？」

「相手を見極めるために、相手の土俵に上がって勝負するの、どう思う？」

「……別に。そういうやり方もありだと思う」

「じゃあ未経験で、一瞬で負けるのが確定してたら？」

「……それは……何の意味もない。不毛な一戦が行われるだけ」

「だよなー」

やはり清川はネトゲをわかっていないのだろう。ゲームは誰にでもできる簡単な遊びだと思っていそうだ。

実際そうなのだが、一定以上のレベルになってくると話は大きく変わってくる。

「……私なら、初心者のふりをして、イキる奴をボコボコにする配信を流す」

「性格悪ぅ」

「……でも、需要があるコンテンツ。再生数も伸びやすい」

「人間て悲しい生き物だな」

「……イキる奴が悪い……！」

「調子に乗るくらい、誰だってあるし良いと思うけど……」

「……他人に害を及ぼすイキりは良くない」

「梨鈴が言うと変な感じだな」

お前が言うなよ、ってやつかもしれない。

「……なぜ、そんな質問を私に？」

「なんとなく。とくに意味はないよ」

「……そ。なら早く私を鍛えろ。二度とゲームができないくらいイキり野郎をボコボコにできるだけの力を私に与えろ。んでボコボコにした動画を拡散して社会的に潰してやる」

「…………過激すぎる」

これは兄として、行き過ぎた行動をしないように注意してやらないとな。

そんな遊び方ではなく、もっと楽しい遊び方が黒い平原にはある。

……そうだ、清川にも知ってもらおう。黒い平原の楽しさを。

そして、みんなでネトゲをすれば楽しいぞ！

俺は素晴らしい未来を想像してワクワク感を抑えられなくなる。

にやにやが我慢できなかった。

――このときの俺は、考えもしなかった。

まさか清川との戦いで、人生最大級の絶望を味わうことになるとは。

☆

清川と勝負する時間が近づき、俺はネトゲを起動してスタンバイする。

清川が戦いの場所に指定してきたのは宝暗界と呼ばれるダンジョン。洞窟のような作りになっている。薄暗く、ホラー風のモンスターがよく登場する。中でも一番厄介なのが、ミイラ男。通常攻撃を食らうと確率で状態異常になる。毒になるのか麻痺になるのか、他の状態異常になるのかはランダム。HPは低いので難なく倒せるモンスターだが、集団で現れる。もし集団に囲まれて攻撃を受け続ければ、つねに状態異常で動けなくなり……ボコボコにされて終わりだ。

ここはストーリーの終盤で来るダンジョンなので、清川はこの一週間でかなりやりこんだらしい。アイドル活動の方が不安になる。ちゃんとしているのか？

ボイスチャットのログイン音がしたので確認すると、ルームにＡＹＡＮＥという人が入室していた。名前をアルファベットにしただけだ。ちょっと意識高い感じがする。

「先輩、勝負を受けて頂き感謝します」

「いいよ。……それに、清川ともネトゲをしたいから」

「私と、ですか？」

「うん。知ってると思うけど、奈々と梨鈴、凛香もしてる。乃々愛ちゃんも。みんなで遊んだら楽しいと思うんだ」

「ふむ……では、こうしましょう。もし先輩が私に勝てたら、私はネトゲを続けますわ」

「わかった」

それは約束にならない。清川が『これからもネトゲをします』と宣言したようなもの。

「一つ、ご相談があります」

「なにかな？」

「最初の一撃は私から初めてもよろしいでしょうか。それを勝負の始まりにしたいです」

「………」

少し考える。対人戦において最初の一撃は重要。勝負の結果を左右することもありえる。まあ俺が使うウォーリアは攻撃を受ける前提の職業みたいなところもあるし……。大丈夫か。未だ清川のキャラが見えず、情報不足は否めないが、清川自身は一週間の経験しかない初心者。なにがあっても俺が負けることはない。

プレイヤーの実力以前に、圧倒的なキャラの性能差がある。それがネトゲ。

「わかった。いいよ」

「ありがとうございます」

ふっ――――。と、一瞬清川が笑ったような気がした。

そのとき、死角から矢が飛んできた。カズにぶち当たり、強烈な風を巻き起こしてカズを吹っ飛ばす。なっ！　もういたのか!?　と声を出す暇はなかった。吹き飛ばされた先はミイラ男が大量に出現する一角。すぐさまカズはミイラ男に囲まれた。慌てて攻撃スキルを発動しようとするが、直前に遠方からの矢を食らう。カズは麻痺になって一瞬だけ動けなくなった。最悪だ。

その一瞬の間にミイラ男たちに距離を詰められ、ボコボコに殴られ始めた。

じりじりと削れるＨＰ。あらゆる状態異常が重なって、明確な死に近づいていく。

仲間がいれば簡単に突破できる窮地だが、今は清川と対戦中。

まずいかも、という言葉が脳裏をよぎったそのとき。

ついに画面の端にプレイヤーが現れた。一瞬、リンに見えた。

金髪のエルフで弓を装備している。名前は案の定ＡＹＡＮＥ。

ＡＹＡＮＥは弓を構え、カズに向かってスキルの連続矢を放つ。カズのＨＰが一割も削られた。致命的な攻撃ではないが、ダメージが通ったことに驚かされる。ノーダメじゃないのか……。キャラの性能は五分に近いかも。

そんなこと、ありえない。

「驚かれましたか？」

「あ、あ……いや、おかしいだろ」

「ふふ」

麻痺が解けてミイラ男たちを処理しようとした直後、またしても麻痺になる矢を食らって動けなくなる。ハメ殺しだ。ＡＹＡＮＥの地道な攻撃がカズを死に近づける。おかしい、ダメージが通るはずがない。通ったとしても、わかりやすく削られることは……。

ここで俺はようやくＡＹＡＮＥをクリックしてキャラ情報を確認する。レベルから装備、装備の強化値までカズと同格だった。

「な！　清川、まさかアカウントを買ったのか!?」

「そんなことするわけないでしょう。このキャラは、私が丹精込めて育てあげましたわ」

「ウソだ！　たった一週間では無理だ！」

「ふっ……誰が、一週間で育てたと言いましたか？」

「い、いやだって……清川は初心者で……」

「はは！」

「清川？」

「愚かですねぇ！　私が初心者とは、言ってませんよ！」

「は――」

清川がなにを言っているのか理解できなかった。俺はこれまでの清川のセリフを思い出し、たしかに初心者とは言ってないことを確認する。でも黒い平原をしているとは一言も言ってない。………意図的に、言わなかったのか？

カズの残りＨＰが五割を切っていく中、俺は嫌な予感が膨れ上がるのを感じていた。

そして清川は、重く静かな声で正体を明かした。

「――私も、ネトゲ廃人なんですよ」

「な………」

「ネトゲ廃人と言っても、アイドル活動の方がメインですけどね。ただまあ一般の方に比べると、ネトゲ廃人……そういう話です」

「清川も……ネトゲを、していたのか？」

「だから、そう言ってるじゃないですか」

ＡＹＡＮＥが放った金色の矢がカズの胸に突き刺さる。ミイラ男たちは巻き添えを食らって消滅したが、カズの残りＨＰは三割になった。

「中一の頃から、毎日欠かさずしてますよ」

「中一――じゃあ凛香と同時期に？」

「ええはい、そうです。凛香先輩と同時期に……同時期に、始めたんです！」

「――――」

突然の怒声に耳がキーンとなった。

ＡＹＡＮＥは誘い香というアイテムをカズの周囲に投げた。誘い香は辺り一帯にいるモンスターを引き寄せる効果がある。せっかく麻痺が解けたカズだったが、またしてもミイラ男に囲まれてボコボコに殴られ、状態異常で動けなくなった。

「手際がよすぎる……」

「当然でしょう？　すべてはこの勝負のためだったんですから。私がネトゲを何年も続けたのも、文化祭で間抜けなフリをしたのも……すべては、あなたに復讐するためです」

「なにを言ってるんだよ……」

「まだわかりませんか？　あなたを油断させるために、私は間抜けなフリをしたのです。まともに作戦も考えられないバカな女の子だと思わせるためにね。あなたがどういう人間か、とか、真価とかどうでもいいです。ただ仕返しをしたかっただけです」

言葉を失った。よく分からないが、身に覚えのないことでキレられているのはわかる。

「ああでも、一つだけ誤算がありました。梨鈴さんの突発的な行動です。凛香先輩が恋人の甘酸っぱさについて相談してきたとき、あなたにちょっぴり恥をかかせてやろうと思って作戦を考えたのですが……梨鈴さんに作戦を壊されましたね。ま、本来の作戦には影響しないのでいいんですけど」

「ほ、本当に意味が分からない。復讐って……なんだよ。どうしてそこまで俺に……」

「わかりませんか？」

「わからないってば」

ふふっと笑い、間を置いて清川は言った。

「あなたが、凛香先輩を奪ったからですよ」

「えっ――――」

「凛香先輩を支えるのは私だったはずなのに！　急にあなたが現れて、凛香先輩を虜にした！　あっというまに、凛香先輩の支柱になった！」

「…………」

鬼気迫る清川の叫びに、俺はなにも言えなくなった。呑まれた。

ただのかわいらしい嫉妬かと思っていたが、想像以上の想いがあったのだ。

ていうか逆恨みじゃない？

「私は……私は、ずっと楽しみにしていたのです。凛香先輩とネトゲをする日を！」

「じゃあ普通に誘えば――」

「だまらっしゃい！」

「ええ」

「この複雑な感情、男のあなたにはわからないでしょうね！」

「うーん……？」

「凛香先輩がネトゲを始めたのを知り、こっそり私も始めたのです。そして、せめてネトゲでは支えられる存在になるべく修業を重ね、それからネトゲの凛香先輩とお会いし……支柱になりたかった」

「清川……」

その気持ちは、ほんの少しわかる気がした。

好きな人には未熟な自分を見せるのではなく、守れる存在になって前に現れたい。

「なのに、あなたが先に凛香先輩の支柱になった！」

「いや、今の清川もかなり強いし、これからは凛香と一緒に――」

「だまらっしゃい！」

「なんでだよ」

「ガサツな男にはわかりませんよ。こういうことは雰囲気とタイミングが、すっごく大切なんです！　出会い方一つで、今後の関係性も大きく変わってくるんです！」

「そう……なんだ」

わからない。

「私はただ、凛香先輩の支柱となり、凛香お姉さまとお呼びしたかっただけなのに！」

「普通に呼べばいいんじゃない？　凛香なら――」

「うるせえハゲ!!」

「ハゲ!?」

「死ねクソオスがぁあああ!!」

「――――！」

神々しい巨大な光の矢がＡＹＡＮＥから放たれ、途中のミイラ男たちを消し炭にしながらカズへ。パァァンと衝突し、爽快な破壊音を響かせた。カズのＨＰゲージが一瞬で空になる。……状況を把握する前に負けた。

「ぃやった！　やりましたわ！　ついにカズをぶっ殺しました！　ふぅぅう!!」

お嬢様系アイドルどころか、女の子とも思えないような喜び方をしている。

一方で俺の気持ちは氷点下並みに下がっていた。

「…………スッキリ、したか？」

「ええそりゃもう！　スッキリしましたよ！」

「そうか……」

「なんですか？　あ、ひょっとして、この結果に納得してないとか？」

「そりゃそうだろ。こんな負け方……納得できるはずがない」

「でもぉ、あなたが最も得意とする勝負でしたよね？」

「勝負もなにも、ミイラ男とＡＹＡＮＥに攻撃されていただけじゃないか」

「それは私の作戦ですよ。リアルで間抜けなフリをして油断させ、さらに自分のイメージを利用して初心者だと思いこませた結果です。完璧な作戦です。私の勝ちですよ」

「…………」

俺は清川を舐めていた。もし舐めていなかったら、一応警戒していただろう。

最初に一撃を許すこともなかったはず。これは俺という人間を理解した上で組み立てられた作戦。俺は手の平で転がされていた。

そこまでするの？ってくらいの遠回りな作戦で、逆におバカなのでは？　と思ったが、俺の負けであることには変わりない。

わかっていても、負けた気がしなかった。

「清川の作戦勝ちなのは認めるよ。でも、実力で負けたとは思えない」

「ふむ、なるほど」

「清川は実力で勝てないと思ったから、あんな作戦を考えてきたんだろ？」

煽りに近いことを言ってしまった。そう思っても我慢できない。

どんな負け方であれ、ネトゲで負けたという事実は腹の底を熱くさせる。吠えそうになるほど高まる悔しいという感情を、グッと唾を飲み込むことで抑えた。

「あなたの気持ちは理解しました。で、どうしたいのですか？」

「もう一度勝負だ」

「ほう……真剣勝負とは本来一度きりですが……いいですよ」

「よし――」

「ただし、条件があります」

「条件？」

「はい。本気で来てください。一切の言い訳ができないように」

「……ああ、言われなくても」

もう負けない。負ける気がしない。キャラ性能は互角だったとしても、まともに戦えばプレイヤースキルで上回るはずだ。

だって清川は、俺と違ってネトゲだけではなくアイドル活動に力を入れていた女の子だ。

もしこれで俺が負けたら、俺は――――。

今度はお互いに向き合って決闘する。

俺は数年ぶりに感じる闘争心を元に、ＡＹＡＮＥに斬りかかった。

――――あっさり、かわされた。

ほとんどの攻撃がＡＹＡＮＥに当たらない。出が早い攻撃は当たることもあったが、大したダメージにはならなかった。致命的になる攻撃は、すべてかわされた。

そして俺は、何度もＡＹＡＮＥの攻撃をくらった。

俺の行動を知り尽くしているかのように、的確な攻撃で何度も当ててきた。

実力差は、明白だった。

「ぁ――――」

途中から意識が飛んでいた。惰性でカズを操作し、負ける未来を視（み）ていた。

カズのＨＰゲージが空になると同時に、俺は項垂（うなだ）れた。

俺の動きを完全に読んでいる清川は、作業感覚でカズを倒したことだろう。

悔しいを通り越して俺は呆然（ぼうぜん）とする。

「あなた……弱いですね」

「っ」

「対人の駆け引きがめちゃくちゃですわ。なにを狙っているのかみえみえ、どのスキルを発動してくるのかも丸わかり。ていうか私の射程をちゃんと把握してましたか？　正直、がっかりです」

「う、ぁ…………」

「まともに戦えば、あなたの方が強いんですね？　ならなぜでしょう……カズが倒れているのは」

「ぁぁぁ」

「この程度の相手に、作戦は必要なかったですね。だって、その辺のモンスターを倒す感覚でしたから！」

清川の嘲笑うような冷酷な言葉が、俺の鼓膜を揺るがして脳内を貫いていく。

「あえて言いましょう……あなた、ネトゲのセンスがゼロ！」

「ゼロ――――」

「あなたに、ネトゲ廃人を名乗る資格はない！」

「――――」

ネトゲ廃人を名乗る資格ってなんだよ。そんな資格、死んでもほしくない。

そう思うも、俺という人間を根本から否定されたような絶望に襲われた。

目の前が暗くなっていく。

ヘッドフォンから響く清川の高笑いが、どんどん遠ざかっていった。

清川に敗北した翌日。午前の授業中。俺は黒板を心ここにあらずで眺めていた。

決着がついた後に清川から言われた言葉が、頭の中を巡っている。

何度目になるだろうか、決着後の会話を思い出した。

「先輩、ありがとうございました。スッキリしました」

「…………」

「これは完全なる私怨です。自分のことですが認めますよ」

「…………うん」

「凛香先輩のために磨いたこの力は本物でした。それを証明できただけでも満足です。目的を果たせたので、私はネトゲを引退します」

「……引退？」

「はい。これ以上ネトゲをする意味はないので」

「そんなあっさり……。ネトゲに愛はないのか」

「愛？　ネトゲは一つの手段に過ぎませんわ。目的を果たした時点で役目は終わりです……あ、凛香先輩との仲は応援しますよ。それが凛香先輩の幸せに繋がりますからね。あなたに突っかかるのもやめます」

「……凛香たちとネトゲは……しないのか？」

「うーん、たまにならするかもしれませんね。私たちスター☆まいんずは基本的に忙しいので、習慣のようにネトゲはできません。私もかなり無理してやってましたし……」

「そっか……」

「それでは先輩、ありがとうございました」

晴れやかな表情を浮かべてそうな声で言った清川は、なんの憂いもなくログアウトした。

一方で俺はログアウトすることができず、呆然と画面を見つめていた。

なにもやる気が起きない。否。自分の心が砕け散っていくのを感じていた。

このとき、俺は知った。俺はネトゲに関してプライドを持っていたのだと。

思ったよりも愛を持っていたのだと。なにも考えず、当たり前のようにネトゲをしていたが、俺はネトゲに誇りを抱いていたのだ。

清川は復讐（ふくしゅう）のためだけの道具として何年間もネトゲをしていた。

そのことを責めるつもりはない。ネトゲをする動機はなんだっていい。

でも、清川はネトゲの魅力を知ろうとせず、俺をボコるだけボコって、あっさり引退宣言をした。ショックだった。

俺のすべてを、ネトゲに費やした人生を否定された気分だった。

「おい、この問題に答えろ綾小路(あやのこうじ)」

「…………」

「おい！」

「……はい」

「答えろよ！」

「……はい」

「はい、じゃない！　答えろと言ってるんだ！」

「……そうですね」

「お前先生に喧嘩(けんか)売ってんのか!?」

まるで俺の肉体から魂が抜けてしまったみたいだ。

指の一本いっぽんまでもが自分のものではないように感じる。

肉体の中が空洞になってしまったような虚無感だった。

昼休みになっても俺は抜け殻のままだった。

クラスの連中からいろいろ言われている雰囲気は感じ取っているが、反応する気が起きない。

「おい綾小路ぃ大丈夫かー？」

「僕の計算によると、大丈夫じゃない確率は95%。非常事態だね。ほんとに」

俺の席に集った友人二人は心配そうな顔をしている。

気にすることなく、俺は昼飯として持参したゆで卵の殻をパリパリと剥がした。

こういう地味な作業が意外とクセになる。

「またゆで卵一個かい？」

「……うん」

「僕のおかず、食べる？」

「……いい」

「なら俺様のピーマンはどうだ!?」

「……いい」

食欲がない。俺は首を横に振り、剥がしたゆで卵の殻を口に運んでゴリゴリと食し、ごくっと飲み込んだ。それからも黙々とゆで卵の殻を剥がしては口に運び、咀嚼する。

ゴリゴリ。

「んっ？　え、え!?　綾小路くん!?　なにを食べてるんだい!?」

「……殻」

「見ればわかるよ!?」

なら言うなよ。

「綾小路ぃい⁉　お前までどうしたんだよ⁉　つうか食うなよ！　やめろ！」

「……ゴリゴリ」

「だから食うなって！　卵の方を食え！」

「……ゴリゴリ」

「人間の咀嚼音じゃねぇよおお‼」

「……なんだようるさいな……。二人も食べたいのか？」

「「いらない！」」

揃って否定する二人。ちょっとだけ悲しい気持ちになった。

ふと、こちらを振り返った凛香と目が合った。

「………………」

なにもリアクションをする気が起きず、視線をゆで卵に落とす。

俺は無心になって殻を剝がし、わーわー騒ぐ友人二人を無視してゴリゴリ音を鳴らすのだった。

☆

気づいたら学校が終わっていた。家に帰り、部屋に引きこもることにする。

制服を脱ぎ捨てて部屋着に着替えると、真っ暗なパソコン画面をしり目にベッドに倒れた。

「…………」

清川にボコられたときの記憶が鮮明によみがえってくる。心が沈む。

負けたことは何度もあるが、今回のは質が違った。

「清川は……ネトゲを引退するって言ってたよな」

ネトゲに対する愛なんて微塵もない。そんなやつに、俺は完膚なきまでにボコられた。

布団にくるまって世界から体を遮断する。

センスがないとか、ボロクソに言われたことは構わない。俺は自分を天才だとは思ったことがないから、素直に認められる。

しかしネトゲにまったく愛がない人に負けたことで、とにかく心を打ちのめされた。

ゲームを楽しんで身につけた実力ではなく、逆恨みで身につけた実力に俺は敗北したのだ。清川はネトゲの魅力を一切知ることなく、知ろうともせず、引退するとまで言った。

清川の言動は、俺のすべてを否定していた。

「ぐぅ……ぅぅっ」

熱い涙が頬を伝う。大好きなものを否定されることが、こんなにも苦しいとは思わなかった。なによりも、かつての自分を思い出して、つらくなる。

無遠慮に部屋のドアを開ける音が聞こえた。すぐそばに誰かが立った。

「……お兄」

梨鈴だ。

「……凛香さんから聞いた。お兄の様子がおかしいって」

「…………」

「……なにかあったのなら、話を聞いてあげてもいい。千円で」

「…………」

「……ウソ。家族だから、特別に無料で聞いてあげる」

「…………」

梨鈴に言える話ではない。いや、言いたくなかった。

ネトゲにおいて俺は梨鈴に教える立場にある。共に楽しむ仲間でもあるが、自然と俺が教えてあげるような一種の上下関係ができあがっているのだ。弱い部分を見せたくない。

その理由を抜きにしても、誰かに話したいことではなかった。

「……お兄。私じゃ、だめ？」

「…………だめ、とかじゃない」

梨鈴の声から寂しさを感じ、俺は喉から声を絞り出した。

「……なにがあったのかくらい、教えてほしい」

「ごめん……」

「…………」

俺の一言を聞き、梨鈴はなにも喋らなくなった。そのまま二分ほど無言になっていただろうか。梨鈴は静かに部屋から出ていった。ドアの閉まる音に虚しさを感じた。

「…………」

圧倒的な敗北を忘れられない。なにもさせてもらえず俺は敗北した。

時間の感覚を失う。たぶん布団にくるまったまま気づかないうちに寝ていたかもしれない。夜中になっていてもおかしくないだろう。

スマホで時間を確認したくなり、布団から頭と手をひょこっと出した。

ついでに窓を見ると、空は暗くなっていた。夜だ。

その直後、ドアがコンコンコンと叩かれる音がした。

咄嗟に布団の中に潜り直す。みのむし状態だ。

再度ノックされるも無視する。

すると、ゆっくりとドアを開ける音がした。なんとなく梨鈴ではない気がした。

「和斗」

凛香の声だ。どうして凛香がここに――――と考えた直後、隣に人が座る気配がした。

ギシッとベッドが軋む。

「和斗」

「…………」

布団越しに、背中を優しく撫でられる。寄り添うような声で凛香は続けた。

「……つらいことがあったのね。それも、自信を根本から壊されてしまうような、つらいことが……」

「…………」

「そういう顔と……雰囲気をしていたわ」

背中を撫でられながら俺は気づく。真剣に心配してくれたのはアイドルの凛香と梨鈴だけだった。橘と斎藤も心配してくれた優しい友達だが、なにかあったのだろうか、という段階で止まっていた。とくに凛香は深いところまで察してくれている。

無言が満ちた部屋で、ずっと優しく背中を撫でられる。

次第にふわっと心が軽くなり、俺は布団から出ることにした。

「和斗」

「凛香……」

凛香はすべてを受け入れてくれそうな柔らかい顔をしていた。

枕元のスマホを見ると、時刻は21時だ。

「凛香、時間大丈夫なの？」

「問題ないわ。和斗の方こそ大丈夫なの？」

「……微妙」

「…………」

「俺、さ。ネトゲで負けた」

「うん」

「ただ負けたわけじゃなくて、俺のすべてを否定された感じだった。相手に、そのつもりはなかっただろうけど……」

清川は逆恨みだとわかったうえで俺に復讐を果たし、今後は俺に突っかからないと言っていた。そのあっさりした感じもショックだ。

ネトゲと俺に対して、執着がなさすぎる。

「ん」

凛香に頭を抱えられ、そっと抱きしめられた。その胸の温かさで涙がほろりとこぼれる。

こんな感じのことが以前にも一度あったなーと、ふんわりと思い出した。

「ネトゲで負けたくらいでって、言わないの？」

「私が言うわけないでしょう？　そんなわかりきった質問、普段の和斗なら絶対にしないわよ」

「…………そう、かな」

「ええ。人によってなにを大切に思うかは異なるわ。もちろん情熱を向ける先も」

「うん……」

「それにただの負けではないって和斗は言ったじゃない？　それだけの意味がある戦いだったのでしょう？」

「……かも、しれない」

凛香に抱きしめられながら頭をよしよしと撫でられ、心が落ち着いていく。

そうして清川を引退させてしまうことにも悔しく感じていると、気づいた。

ネトゲを楽しもうとしたけど、合わなくて引退するならわかる。

人類全員がネトゲを楽しめるわけがない。

だが、清川は違う。

俺はネトゲで成長してきた人間で、ネトゲは凛香と出会わせてくれたもう一つのリアルだ。思い入れがある。だからネトゲを復讐のためだけの道具で終わらせてほしくない。

これは正義とかの話ではなく、俺個人の気持ち。

清川を引退させないためにはどうすればいい。……勝つしかない。

………いや、そもそも俺はなにをしている？

負けたらやり返す……それが勝負の世界だろ。

勝てないなら、とことん自分の牙を磨く。相手を研究する。

そんな絶対的な当たり前のことをせず、なにをしているんだ。

ふつふつとした怒りが腹の底から噴き出し、激情となって口から吐き出しそうになる。

……しかし、今の俺では清川に勝てない。今の俺では………。

「凜香」

「なにかしら」

「今度……一度だけ……昔の俺に戻るよ」

「……私と出会う前のカズのこと？」

「……ごめん」

「そうする必要があるのね？」

「うん……。終わったら、そのキャラは消すよ」

「それが夫の決断なら、妻として応援するわ」

それだけ言い、凜香は優しく俺の頭を撫でてくれた。

☆

「んーなんですか先輩？　こんな朝早くに……私、忙しいんですよ」

清川はいかにもめんどくさそうに髪の毛をかき上げ、やって来た。

凛香に慰めてもらった翌日、俺は清川を屋上前の踊り場に呼び出していた。

「清川。俺と、もう一度戦ってほしい」

「はあ？　呆れました。ボロ負けしたばかりだというのに……勝てるとお思いですか？」

「当然だ。今度の週末、空いてる時間を教えてほしい」

「ウソでしょう？　一週間足らずで、私の実力に追いつけると……？」

「いや、すでに追いついてるかもしれない」

「なんですかその意味深な発言。らしくないですね……」

「この戦いは、俺個人の感情からくるものだ。清川と同じく、な」

「…………」

口を閉ざし、清川は考える様子を見せる。結論は出たのか、口を開いた。

「おもしろそうなので受けましょう。なにをしてくるのか気になります」

「ありがとう」

「まっ、私の勝ちは揺るぎませんよ」

その余裕は傲慢ともとれる。あれだけの圧勝をしたのだから、そうなってもおかしくはない。だからこそ、あえて言おう。

「清川」

「はい？」

俺は清川に指をさし、確固たる思いで言う。

「お前はなにもできず、俺に惨敗する」

☆

勝負の時間が近づき、私はネトゲに意識を没頭させる。

右手で触れているマウスと一体化する感覚。手の平に馴染み、マイクを握るときと同じ境地に立つ。

昔は……マウスとキーボードを操作する際、手元を見ながらでないとまともにできなかった。今は見ることなく、イメージ通りにキャラを動かせる。ＡＹＡＮＥは草原の中に作られた闘技場の中央で仁王立ちしていた。この闘技場は休日になるとギルドの集会に使われたり、お祭りのような集団戦が行われていることもある。今は私一人だけ。

「あの人は、どのような手で来るのでしょうか」

普通に戦えば私の圧勝。当然だ。なんせカズが登場している動画はすべて観たのだから。十本以上はあったはず。それらを三十回は観て、血を吐く思いで研究を重ねた。イメトレも欠かさなかった。カズの動きは完全に頭の中に入っている。

私の行為が逆恨みであり完全なる私怨であることは理解していた。

彼からすれば理不尽の一言だろう。

だから私は、ネトゲでのプライドをへし折るだけで勘弁してあげた。

凛香先輩のためにも、これからは素直な気持ちで応援するつもりだった。

私に負けたことであの人は落ち込み、凛香先輩に慰められることで、より二人の絆は固まる。リアルでもお互いを必要とする関係性が強まるはず……だった。

「まさか再戦を申し込んでくるとは」

あの人にそれだけのガッツがあるとは思わなかった。

リアルでの普段の言動、ネトゲではみんなを守る役割であるタンクを好む……そんな人が負けず嫌いだったとは。私に再戦を申し込むときの彼の目には炎が揺らいでいた。その目は、激しい情熱とともに、経験に裏付けられた自信を宿していた。

「ライブに挑む直前の凛香先輩の目と……同じでした」

彼にとって、ネトゲは人生そのものなのかもしれない。

ネトゲも一つのリアル――。

イヤホンをつけて待機していた私は、ボイスチャットのログイン音を耳にした。

ルームにカズの名前がある。

「来たよ。対戦よろしく」

敵意のない冷静な挨拶。画面には、血を浴びたように真っ赤な鎧を着たウォーリアが現れた。背負った銀色の大剣が浮いているように見える。名前は——『まるまるへっど』。

異様、の一言につきる。

奈々先輩のような、へんてこりんなネーミングセンスではない。

人間としてなにかがズレた異様なネーミングセンスだ。

ゲームに自信がある人は、食べ物の名前だったり、アニメキャラの名前だったり、良い感じで変な名前だったり……そういう感じの名前をつける傾向がある。

我を通しながらも周囲から愛されたい人は、名前に猫を入れがちだ。

本名を入れてくる人はリアルとネトゲを同じように見ていることが多い。

まるまるへっど——なんだこの名前。なにも読み取れない。

「ふっ。キャラを変えてきたのですね。職業は同じ……けれど武器が違う。普段とは違うキャラで、まともに戦えるのでしょうか」

「大丈夫。この一週間で錆びは落としてきた。全盛期の六割はいける」

「むっ」

ちょっとイラッとさせられる言い方。いやこれも作戦かもしれない。プレイヤースキルで勝てないから、口で仕掛けているのかも。そういう人ではないと思うけど。

「あなたの全盛期がいつ頃かは知りませんが、私に——」

「やってみればわかるよ」

随分と落ち着いた声で、遮られた。なんだこの自信は。

「………」

勝負開始の合図はない。言葉もない。お互いに向きあい、ヒリヒリとした緊張感を高めながら最初の一手を考える。正直なところ私は悩んでいた。相手の行動がわからない。大剣で来るなんて予想していなかったし、動画で勉強もしてきていない。

まずは定石どおりの戦い方でいくことにした。

アーチャーという遠距離スキルが多い職業ならではの戦い、距離を保ちつつ矢を放つ。

まるまるへっどはカズと違ってぬるぬるに動き、被害を最小限に距離を詰めてきた。すぐに跳躍して離れて遠距離スキルの連続矢を放つも、まるまるへっどはステップで後ろに下がり、狙ったようなギリギリの回避をしてみせた。

この位置とタイミングなら、そのスキルを使うんだろ？　と、ニヤリとしてそうな動き。

明らかに以前とは別次元の動きに私の手が止まった。

「あなた、誰かに代行してもらっていますか？」

ボイスチャットの部屋に入ったのは彼だが、プレイしているのは別人。その可能性に思い当たったが、返ってきたのはおかしそうに笑う声だった。

「俺だよ。俺に決まっている」

「けれど――」

「気持ちを切り替えたんだ。この一週間、学校を何日か休んでやり込んだのもあるけど」

「はっ？　たったそれだけでこんなにも――」

てかズル休みするな。

「変わるよ。清川だって真剣にアイドル活動とネトゲをしているんだ……わかるだろ」

わかりません。むちゃくちゃだ。モチベーションでパフォーマンスが大きく上がるのは理解できる。そういう奇跡を目の当たりにしたことが過去にも何度かあった。

でも彼の場合、もはや別人並みの変化。

「清川、お前はネトゲ廃人を勘違いしている」

「え？」

いきなり指摘をされ、上擦った声で返事をしてしまった。

「ネトゲ廃人は称号じゃない……蔑称だ！　自分の都合で誇れる称号にすり替えるな！」

「なにを――！　あ、あなただってネトゲ廃人を自称してたじゃないですか！　それに誇ってませんし！　誇るつもりもありませんし！」

私たちは叫びながら分身となるキャラを操り、ＨＰというお互いのプライドを削り合う。

ネトゲにおける戦いとは、実はキャラ同士の戦いではない。お互いの尊厳と、それまでに培った知識と経験による張り合いでもある。だからこそ一勝にこだわる。勝負であればネトゲだからといって手を抜く私ではない。本気で勝ちにいく。それこそリアルでの自分すらも利用して。

しかし、つねにまるまるへっどに距離を詰められ、大剣で打ち上げられたり、強烈な一撃で数秒の気絶状態にさせられる。確実にＡＹＡＮＥのプライドが削られていた。

「俺がネトゲ廃人を自称するのは戒めだ！　俺自身がどういう人間かを思い出すための言霊でもある！　だから自分で言うのはいいけど、人から言われると虚しくなるんだ！」

「あなた、めちゃくちゃですわ！」

「いいか、ネトゲ廃人というのは、自分勝手で、自己中な生き物なんだ！　自分のことにしか興味がないから、とことん自分がやりたいことだけをやる！　自分が気持ちよくなれることだけを追求する！　そんな生き物が……タンクなんてめんどくさい役割をメインにするわけないだろ！」

「――――」

言葉が出なかった。この男、こんなにも我が強かったのか。

「俺がこの手で、敵を倒す！　一番のダメージディーラーは俺でありたい！　チームよりも自分……それがネトゲ廃人だ！」

「くっ……言い返せない自分に一番腹が立ちますわ！」

そして攻撃も返せない。ＡＹＡＮＥは台風のように振り回される大剣に切り刻まれ、為す術もなく死への直球ルートに入る。綺麗に繋がる大剣スキルのコンボを見つめていた。

「清川！　お前には決定的に足りないものがある！」

「足りないもの――――？」

「殺意だ！」

「殺意！」

「絶対に相手をぶち殺すという殺意……。清川、お前はただ相手に嫌がらせをし、苦しんでいる姿を見たいだけだろ！　この、腹黒女め！」

「腹黒女!!」

それは酷すぎるでしょうー！　という心の叫びとともに、宙に打ち上げられたＡＹＡＮＥは振り下ろされた大剣をもろに食らって絶命した。

一切の小細工抜きで正面から負け、呆然とする。こんな負け方をしたのは初めてのこと。

なにがなんだか。こんなあっけなく……一瞬で。

本物の上位勢にコテンパンにされたときのような……。

あまりにもカズを操作していたときの実力とは違う。

……ああ、そうか。カズは誰かのために戦い、まるまるへっどは自分のためだけに戦っている。その差は大きく、彼の言う通り気持ちの切り替えは大きな効果を生むだろう。

目の前で起きた現実を必死に受け入れていると、冷静な声を聞かされた。

「……これで一勝一敗か。三戦目、いこう」

☆

まるまるへっどの名前に意味はない。

自室の窓から見下ろした道に、見事なハゲのおじさんが歩いていた。その直後にアカウントを作った。つまり名前なんてどうでもよかった。四歳の頃からマウスを握っていた俺は、とにかくリアルから逃避したかった。というよりも、発散のできない内側に溜まっていくもやもやを吐き出したかった。その吐き出し先を求めた結果がネトゲだった。

いくつかのネトゲを回り、最後にたどり着いたのが黒い平原。

圧倒的な自由度の中に、ＰＫがあった。

フィールドを歩き回るプレイヤーを狩れるのである。

俺は、プレイヤーキラーになった。リアルでの鬱憤を晴らしたかった。

返り討ちにされることも多々あったが、気づけばまるまるへっど討伐隊とかいうギルドが結成されるまでの存在に成長していた。俺に憧れて仲間になりたいとメッセージを飛ばしてくる人もそれなりにいた。

そこで俺はメッセージを飛ばしてきた連中を軒並み斬り捨て、討伐隊も壊滅させた。

たぶん一年以上かかったと思う。

友達はおらず、家でもすることがない俺は、二十四時間毎日パソコンに張りつけた。そんな生活ができるやつは限られてくる。

時間という最強のアドバンテージを持つ俺は、ある意味で無敵だった。

勝敗関係なく、相手は俺に付き合いきれなくなって、いなくなるわけだ。

そうして、いよいよ一人になった。

その辺のプレイヤーを倒しても、作業感覚で虚しいだけ。

そして、ふと気づいた。

俺はPKをしているだけで、黒い平原というネトゲを楽しんでいないのでは？　と。

PKはあくまでも一つの要素に過ぎない。鬱憤を晴らすためにしているだけで、純粋な気持ちで遊べていない。ネトゲを鬱憤を晴らすための道具ではなく、もう一つのリアルとして向き合う。なら他の遊び方を……もっと健全な遊び方を試しにしてみよう。

生まれ変わったつもりで、『カズ』の名前でキャラを作った。

それまでとは真逆の遊び方、フレンドを積極的に作って遊んでみた。

ギルドにも参加して積極的にみんなと遊んだ。

時間が経つにつれて多くのフレンドがリアルでの用事を大切にし、去っていった。

俺も落ち着こうと思い、ギルドを抜けて初心者を支える遊びをすることにした。

楽しさを知る前に引退するのはもったいない。その思いがあった。

合う合わない以前に、やめてしまう。そんな人もいるから……。

かつて、鬱憤を晴らすためだけにPKに明け暮れていたことへの、贖罪のつもりもあった。そうして俺は、リンと出会った。

☆

三戦目も一方的にAYANEを切り刻んだ。数回ほど小さなダメージは受けたが、ダメージトレードは勝ってる上に、俺に有利な展開に持ち込めた。

勝負の熱は加速していく。嗜虐的な欲望が膨れ上がる。

そうだ、これだ……これが相手を倒すということ。

「……語るほどの内容すらないですね。惨敗です」

「まだ終わってないぞ」

「え？」

「まだ十分しか戦ってない。これからじゃないか」

「いえ、もう……実力差ははっきりとわかりましたわ。私はなにもできず、二敗しました。これ以上戦う必要は――」

「なにを言うんだ、清川。せっかく面白くなってきたところなのに」

「う……ぁ……」

真の意味で言う勝ちとは、相手の心を木っ端みじんにすること。

再戦なんて微塵も考えさせない。才能以上の差を感じさせ、絶望的な敗北を与える。

清川もその考えで、以前の俺を倒したのだろう。あえてうんざりするような作戦で俺をハメ殺した後、真っ向勝負をしたがるように仕向け、純粋な実力でねじ伏せる。これなら一切の言い訳はさせない。

俺は、そんなやり方はしない。ネトゲ廃人らしく、有り余った時間を武器にする！

「さあ、やろう。まだ一日は終わってないぞ！」

「…………」

「清川？」

「……………く、くははは！」

「どう、した？」

圧倒的な敗北に心が壊れたのだろうか。精神崩壊？

「本性を現しましたね、和斗先輩！　そうです！　その姿です！　もしかしたら、私はあなたのような好敵手を求めていたのかもしれません！　あの凛香先輩に認められし男……ふはっ！　なんでしょうか、このワクワク感は！　負けているのに……悪くない――」

急激な変化。そして初めて聞く清川の挑戦的な高笑い。

そうだ、それだ。それがネトゲで味わえる楽しさの一つ！

時間を忘れるほど没頭し、身を焦がすような熱量を放ちながらゲームをする。

勝とうが負けようが夢中になる。ただただ、楽しいから遊ぶ。

清川……ようやく、本当の意味でネトゲの沼に踏み込んだな。

負けることで目覚めるとかドエムかよ、という言葉はさすがに呑み込んだ。

「清川！　とことん付き合ってもらうぞ！」

「ええ！　付き合いますよ、一晩中……いいえ、明日の朝までね！」

「いいだろう！　明日は月曜日で学校あるけどな！」

「知りませんよ学校なんて！　いきますよ、和斗先輩！」

「望むところだ！」

「あぁあああああ!!」

「ぉぉおおおお――――」

「……うっさい」

ごつんと頭を叩かれた。興奮した熱が一気に冷め、振り返る。

後ろには眉をつり上げる梨鈴が立っていた。怒りに満ちた瞳で俺を睨んでいる。

見るからにガチギレ。こんなに怒っている妹は見たことがない。

「ふはははっ！　聞こえましたよ！　間抜けですねぇ和斗先輩！　家族に怒られるなん

て――――」

「うるさいわよ綾音(あやね)！　今何時だと思ってるの！」

「あ――――ママ！　やめて！　あ、コンセント抜いちゃあかんて！　いやぁあああ!!」

あちらもなんだか大変なことになっている。ひとまず俺はヘッドフォンを外して梨鈴に体ごと向けた。

「……お兄、うるさい」

「ごめん、……熱くなっちゃって」

「……もう遅い時間。もっと静かに遊んでほしい。ご近所の迷惑にもなる」

「はい……」

「……次、うるさくしたら、夜にゲームするの禁止にする」

「……気をつけます」

まさか梨鈴からまともな注意を受ける日が来るとは……。

恥ずかしさとショックが胸の中で交じり、うつむきながら梨鈴が去っていくのを見送った。完全に興奮が冷めたのを自覚しながらヘッドフォンを再装着する。

「あー……清川(きよかわ)？」

「はい………」

向こうも俺と同じ心境になっているらしく、わかりやすく声のトーンが落ちていた。

なんとも言えない気まずさを感じて言葉が見つからない。

「えーあー……うん」

「んー……」

「……………」

「あ、じゃあとりあえず、機会を改めて……また今度、話す？」

「そ、そうですわね。今日はお開きにして、また後日、ゆっくりと話しましょう」

「あ、じゃ……おつかれ」

「あーはい、おつかれさまです」

ともにログアウトする。俺はパソコンの電源を落とし、ボーッと天井を見上げた。

「…………」

…………。

……………。

「んー……うん、寝よ」

スマホのタイマーが鳴り、目を覚ます。

すぐにやることを思い出した俺はパソコンを起動させて黒い平原を開いた。

『まるまるへっど』を削除した。思ったより躊躇いなく削除できたことに少し驚く。

なんとなく惜しくて消す気になれなかったのだが、今回は僅かな躊躇いもなく削除ボタンをクリックできた。

もう『まるまるへっど』の役目は終えたということだろう——あぁ！

「しまった！　せめてアイテムだけでも……共通倉庫に送っておけばよかった!!」

やってしまった！　俺はキャラの復旧ができないかを必死になって検索する。

「……お兄。学校、遅れる」

「梨鈴!?　いつもは寝てるのに!?」

毎朝俺が起こしてあげているのだが、なぜか今日は梨鈴が起こしにきた。

「……朝からネトゲは感心しない」

「待ってくれ！　今、本当にピンチで——」

「……早く朝飯つくって」

「梨鈴ぅ！」

梨鈴は俺の服をつかみ、グイグイと引っ張って部屋から連れ出そうとする。

抵抗したらシャツがビヨンと伸びてしまう。ああもう、諦めるしかない。

また学校から帰ってきたときに調べようか。と、アイテムには未練たらたらの俺だった。

☆

改めて話をするべく、俺は清川と屋上前の踊り場で会っていた。

「和斗先輩の実力は認めるしかないですね。さすがは凛香先輩に認められただけはあります。一つの物事を極める人は素晴らしい」

「めっちゃ態度変わってない？　怖いんだけど」

これまでに見せていた棘がなくなり、素直な後輩に変化していた。

「これは凛香先輩もおっしゃっていたことですが、なにかを極めるのは並大抵の努力では不可能です。楽しいだけの気持ちでは決して到達できない領域……そこに踏み込める方は例外なく尊敬に値します」

「俺のは極めているとは思えないし、所詮ＰＫだからなあ」

鬱憤を晴らすことが目的でもあった。褒められたことではない。

「しかしそれはネトゲ内で認められた一つの遊び方ですよね？」

「……俺のせいで引退したプレイヤーもいるよ」

「それもまた、ネトゲという世界なのでしょう。それにプレイヤーに殺されてやめるような人は、他の些細な理由でやめてますよ」

「そう、かな……」

今でも申し訳なく思っている。俺が純粋な気持ちから楽しんでPKをしていたのなら罪悪感は抱かなかったが、そうじゃなかったからな……。

「あと、その……すみませんでした」

「ん？」

ペコリといきなり頭を下げられ、不思議に思う。

「自覚はあったんですけど…………結構な逆切れを和斗先輩にしたなって」

「ほんとだよ」

これまでも変な人に絡まれることはあったが（主に凛香回りで）、こんな風に攻撃されることはなかった。正直、清川が男だったら割と強めの蹴りをお見舞いしている。

「けどまあ……わからなくもないよ、そういうの」

「…………」

「なんか他に抱えていることがあったら、また俺にぶつけたらいい」

「…………ドエム、ですか？」

「違う。いろいろ溜め込んでいるんだったら、俺に吐き出したらいいってこと。あんな姿、俺以外の人には見せられないと思うし」

これまでの言動からして、清川は凛香たちにも本音を隠している気がした。

凛香に『ネトゲを一緒にしよう』と簡単に誘えないほどの尊敬の念を向けてるし……。

いろんな偶然が重なり、俺はスター☆まいんずと深いつながりができてしまった。

今さら縁を切ることはできないし、彼女たちからどのような感情を向けられたとしても見て見ぬふりはできない。凛香と付き合う上でも、他のメンバーたちと円滑な関係は築いたほうがいいだろう。

「もうしばらく、ネトゲを続けます。あんなボロ負けが最後だなんて耐えられませんから。もっと腕を磨いてリベンジしますよ」

「あーじゃあさ、俺たちのギルド、カラスの止まり木に入る？　凛香たちもいるよ」

「……そう、ですね。和斗先輩の弱点が見つかるかもしれませんし。必ずまるまるへっどをぶっ倒すので覚悟してください」

「ごめん、消した」

「…………はい？」

「まるまるへっど、消した。もういないんだ」

「…………」

口をポカーンと開けて、目を瞬かせる清川。ついでにアイテムも消滅したからな。

清川と話す前にスマホで調べたのだが、キャラの復旧はできないらしい。消す前に三回『本当に消してもよろしいですか？』と表示が出たのだが、俺は容赦なく三回とも『はい』を押した。

それだけ念入りに確認してくれる公式側を非難することもできず、俺はアイテム回収を諦めた。泣きそうだった。

「い、いやいや！　おかしいでしょ!?　あれだけ育成したキャラを!?　なぜ!?」

「けじめ、かな。機会があれば消すつもりだったし……」

まあ清川にボコられるまで、まるまるへっどの存在は忘れていたけど。

キャラ選択のときに視界には映っていたけど、まったく意識に入ってこなかった。

「ありえませんね！　ほんっとありえません！　やはりあなたと私はわかり合えないのでしょう！」

憤慨した清川は髪の毛をなびかせて振り返り、歩いていってしまう。

本気で怒らせてしまったらしい。これはまずいと思い、追いかけることにした。

「ちょ、清川――」

彼女の肩を摑もうと伸ばした右手は、なびく綺麗な金髪に触れた。

しかも運悪く指に金髪が絡み、歩いていく清川に引っ張られる形で――スポーンと髪の毛が抜けた。…………は？

清川の頭から取れた金髪――いや、金髪のカツラが俺の足元に落ちている。

「…………」

「…………」

満ちる沈黙。こちらを振り返った清川は俺の顔と金髪のカツラを交互に見つめ、自分の頭に触れた。その頭にはカツラ用のネットが被せられている。……どういうこと？

「ふ、ふふふふ」

「清川？」

「あーははは！　なんてことをしてくれたんですか！」

「ん、ん？」

「今まで誰にもバレないように頑張ってきたのに……お嬢様系アイドル、廃業ですわー」

「いや、あのさ、ほんと意味がわからないんだけど」

「この外道め！　私の弱みを握ってなにを命令するつもりですか⁉」

「はぁ⁉　だから、意味がわからない――」

「あはは！　まるまるへっどは私の方ってことですか！　ええはい、ネットで丸々した頭になってますからねぇ！」

「落ち着けって！　まずは説明を――」

「やはりあなたこそが私にとって史上最大の敵になるようですね！　どんな鬼畜外道な命令をされても、決して挫けませんよ！」

涙目になった清川は俊敏な動きで金髪のカツラを回収すると、こちらに一瞥することなく走り去ってしまった。残された俺は、すでに見えなくなった清川に全力で叫んだ。

「またこのパターンか！　ちょっとは話を聞けよ！」

☆

清川に距離を置かれて、連絡を取ることができずに放課後になってしまった。

しかし凛香から『綾音から連絡が来たわ。今後もお二人の仲を応援します、と。私の知らない間に仲直りできたのね。よかったわ』と言われた。なにも良くない。

応援してもらえるのは嬉しいが、カツラの件も含めて問題は山積みだ。

せっかく良い感じでネトゲのフレンドになれそうだったのにな……。

まあこれが、らしくもあるということか。

「綾小路和斗ー」

「琴音さん？」

家を目指して歩いていると、目の前にある自販機の陰からひょっこりと琴音さんが現れた。文化祭以来、まともに話をしてなかったことを思い出す。

なにか話があって、俺を待っていたのだろうか？

だとしたら帰り道を把握されていたことにちょっとした恐怖を感じるぞ。

「君を待ってたんだよねー。一緒に帰ろうか」

「あ、うん」

琴音さんと肩を並べて歩く。どんな話があるんだろう。

「いきなりだけどー。私のこと、どれくらい知ってるー？」

「奈々の親友……くらいかな。あまり知らない」

「ま、そうだよねー。今さらだけど私のフルネーム、水坂琴音っていうんだー」

「へー」

「んー気づかない？」

「なにが？」

「私の名前に、スター☆まいんずのメンバー三人の名前が一文字ずつ入ってるんだよー」

「あーほんとだ、すごい」

その三人とは、凛香と奈々と清川のことだな。

ＫＭさんは別として、梨鈴は入っていないのが少し可哀想に思えた。

「いろいろと、ありがとねー」

「えーと……なんのお礼？」

「スター☆まいんずを救ってくれたこと」

琴音さんは足を止め、薄く微笑んだ顔を俺に向けた。

「どうして琴音さんが……ああ、奈々の親友だから？」

「それもあるけどー、私にはフォローできないところを、全部綾小路和斗が助けてくれたからね」

「フォロー……え？」

「自覚はないだろうけど、綾小路和斗はメンバー全員の悩みを解決してくれた。抱えている想いを吐き出させてくれた。そういうガス抜きは必要だからね。私にはできないことをしてくれた」

「なんの話――」

「いやーほんと、意味不明なキャラを演じるの、超大変ー。絶対にすぐ解散すると思ったのに、こんな人気になるなんて誰も予想できなかったよー。ま、何が起こるかわからないのがアイドル業界の面白いところってことかなー」

「な、なんだよその言い方。まるで琴音さんもスター☆まいんずみたいな」

俺がそう言うと、琴音さんは呆れたように息を吐き、「鈍いなー」と呟いた。

「これを見せるのはー……お礼みたいなもの。喜んでいいよ、メンバーよりも先に知る事実だからね」

「え」

戸惑う俺を無視して琴音さんは鞄に手を突っ込み、一枚の布を取り出した。

いや違う。布じゃない。マスクだ。見覚えのあるマスク。

スター☆まいんずに所属するマスクアイドル――。

「そうだよ、私がスター☆まいんずの五人目……ＫＭ様だー」

「ぅ……ぁ………え」

「おもしろーその顔。ビックリしてるー、あはは」

「そ、そりゃ驚くってば！」

からかうように笑う琴音さんだが、これはとんでもない事実だ。

「奈々にも内緒ねー」

「どうして……友達なのに」

「そっちの方が、面白いでしょー？」

「面白いって……」

「人生で何よりも大切なのは、面白さ。奈々がアイドルをやめるときにマスクを外して正体を明かすつもりなんだよねー。ほら、ほらほら、想像できたでしょ？　奈々が絶叫して腰を抜かす姿を」

「まあ……たしかに、面白そうだけど」

これ以上にないエンタメに感じる。何年間も一緒に頑張ってきた正体不明のアイドルが、実は同じ学校に通う友達……これで驚かない人間はいないだろう。

奈々の反応を見たいと思えた。

「というわけでーこれからもスタまいのフォローよろしくねー」

「……できる範囲で頑張ります」

「うんうん、それくらいの意気込みがベストー」

頷(うなず)きながら琴音さんは歩き始める。俺もトンと足を踏み出し、琴音さんに並んだ。

「俺、気づいたんだけど、梨鈴(りすず)だけ別の学校に通ってるよな」

「そうだねー。それも運命さー」

「………」

またしても梨鈴のことが可哀想になった。

☆

琴音さんと別れて家に着き、自室にこもってネトゲを始める。

まったくと言っていいほど集中できなかった。

琴音さんの正体と清川のカツラ。この二つはあまりにも衝撃的すぎて、俺一人で抱えるには重すぎる事実だった。かといって誰かに相談できる内容ではない。

「なんか俺……スター☆まいんずに関わりすぎじゃないか？」

凛香との出会いをきっかけに、よくわからないうちにいろんなものを背負ってしまった気がする。でもこれが俺の役割なんだろうな。

凛香の彼氏である以上、避けられない問題も多いだろうし。

ネトゲに没頭して数時間が経過する。

気づけば部屋内に暗闇が満ちていた。

部屋の電気をつけて椅子に座り直そうとした直後、控えめなノック音がした。

ノックする人は梨鈴しかいないが、珍しく遠慮している気配がする。

「梨鈴ー？」

「……お兄」

ドアを開けて姿を見せた梨鈴の顔は、どこか気まずそうだった。うつむいて俺と目を合わせようとしない。嫌な予感がした。

「梨鈴、またなにかやらかしたのか？」

「……えと……」

「また皿を割った？　それとも卵パックを落とした？　なにを壊した？」

梨鈴には前科がある。心当たりが多すぎて片っ端から言ってみた。

口をモゴモゴさせ、梨鈴はぽつりと言った。

「……リビングに、その………」

「リビング？　わかった、今行くよ」

「……あ、い、いや……お兄っ」

こんなにも言いづらそうにするなんて、よほどのやらかしをしたんだな。

最悪、家具を壊した可能性がある。場合によっては怒った方がいいのだろうか。

けれど梨鈴は反省してそうな雰囲気を――いや反省したフリかもしれない。

梨鈴はこずるいところがある。油断できないぞ。

なんてことを考えながら階段を下りて、リビングに入った。

「――え」

考えていたことが一瞬で消し飛んだ。現実を認識できなくなる。

それだけの光景が目の前に広がっていた。

その場で立ち尽くした俺は、唇を震わせて懸命に一言だけ絞り出す。

「なんで……いるんだよ」

リビングのソファには、俺の父親が座っていた――。

「ヴォォォ……違うわね。幽霊役、難しいわ」

鏡の前で幽霊の練習をしていた私は、顔に垂らしていた前髪を掻(か)きわけて首を傾(かし)げる。

いまいちしっくりこない。私なりに感情を込め、彼氏に裏切られた女性になりきっているつもりなのに……。やっぱり彼氏がいたことない自分には難しい役なのかもしれない。

「諦めないわ。きっちりと幽霊役をこなしてみせる……ヴォォォッ」

これまでも難しい仕事はあったけれど、やれる努力を積み重ねて乗り越えてきた。

今回も私ならできる。そう自分に言い聞かせて、鏡にいる自分と向き合った。

しかし一人で練習することに限界を感じた私は、家族にも見てもらうことにした。

とはいっても、『今から幽霊になるから見て』と予告すると、家族は身構えるだろう。

こういうのは不意打ちだから効果がある。

「そろそろお父さんが帰ってくる頃ね」

スマホで時刻を確認し、私は玄関で待機する。

やがて足音がドアの向こうから微(かす)かに聞こえ、カギを開ける音に続いてドアノブが回った。ゆっくりと、ドアが開き始めた。今――――！

「ただい――――」

「ピャァアアアッ!!」

「────────ッ」

お父さんが顔を見せた瞬間、私は鳥の奇声のような声をあげた。完璧なタイミング。

「…………」

「お父さん？」

どうしたのかしら。凍ったように顔がカチコチに固まっている。それに黒い瞳は虚空をジッと見つめ、ピクリとも動かなくなった。普段からニコリともしないお父さんで、無表情が常だけれど、今は石像そのものだ。

「わーい！　パパおかえりー！」

笑みを浮かべた乃々愛が全力で廊下を駆け抜け、私の横を通り過ぎてお父さんの脚にしがみついた。それでもお父さんは反応せず、乃々愛を見下ろすことさえしない。

「んぅ？　パパ？」

「…………」

もしやと思い、私はお父さんの顔の前で手を振ってみた。案の定応答なし。

一つの結論に至った。

「お父さん、立ったまま気絶してるわ……！」

☆

「幽霊役はなんとかなりそうね」

手応えを感じた私は自室に戻り、次のステップに移る。執事だ。

クラスメイトに用意してもらった服に着替え、鏡の前で「おかえりなさいませ」と口にしてみる。自分でも驚くほどに違和感がない。決まっている……というのかしら。

予行演習のつもりで、和斗(かずと)くん人形を椅子の上に座らせて向き合った。クリクリとした大きな黒目が私を見上げている。なんてかわいいのかしら。

「…………」

和斗くん人形と見つめ合い、思わずゴクッと喉を鳴らしてしまう。

気づけば私の体は自動的に動き、ベッドに和斗くん人形たちを並べていた。

執事の練習どころではない。この愛(いと)おしさに意識を支配されてなにも考えられなくなる。

私の体を作る細胞の一つひとつが歓喜しているようだ。

日々を追うごとに、夫に対する愛が膨れ上がる。宇宙は膨張しているらしいけれど、私の愛はそれ以上に膨張していると思えた。最近の悩みといえば、この愛による衝動的な行動を抑えなければならないこと。もし抑えなければ夫とメンバーのみんなに迷惑をかけてしまう。理性と感情による振り子の揺れを安定させるのがつらい。

「かわいすぎよ……愛おしい」

和斗くん人形たちが鎮座するベッドに身を倒し、うっとりとする。

横になりながら、一人ひとり優しく頭をなでて愛情をたっぷりと注ぐ。

そして私は体を起こすと、一人の和斗くん人形を持ち上げ、眼前で見つめ合った。

「そうよ、これは……執事として忠誠を誓うもの。他に理由はない……。いえ、練習よ、練習。文化祭で失敗しないための、大切な練習……」

高鳴る心臓を自覚しながら顔を近づけ、和斗くん人形に口付けしようとする。

その寸前、ドアを開ける音がして「凛香(りんか)。さっきのことだが――」とお父さんの声がした。私はピョンと飛び跳ね、部屋の入り口に体を向ける。真顔のお父さんがいた。

「……凛香、ほどほどにしておきなさい。彼のためにも」

「これは違うの――いえ……違わないわ……」

反論できるような状況ではなくて、認めるしかなかった。

お父さんは重く頷くと、ドアを丁寧に閉めて去っていった。

「な、なんてこと……！」

乃々愛とお姉ちゃんに見られ、挙句にお父さんにも見られてしまうなんて……。

こんなハプニングを防ぐには、夫と二人きりの同居生活をするしかない。

そう決意した私は、執事服を着たまま、未来の生活設計を練り始めるのだった。

あとがき

あとがきが地味に難しい。どうも、あボーンです。

毎回のことですが、あとがきで何を書けばいいのか悩みます。

そこであとがきに対する悩みをあとがきで書くことにしました。

「え、何を書けばいいって？　そんなの作品の解説とか裏話を書けばいいじゃん」と思いましたか？　その通りです。

ただ、私には難しい。解説することないし……裏話とかないし……。

二巻で世界観をぶち壊すような裏設定をぶっこんだくらいです（担当さんから「バレないようにして」的なことを言われました笑）。

悩みは書く内容だけではありません。

どういうキャラで、どういうノリで書けばいいんだ……？　という悩みもあります。

「いや普通に素で書けばいいじゃん」と思いましたか？　それが難しいのです。

私はとても普通で真面目な人間です。素でいくと、全く面白みのないことしか書けません。ごめんなさい、真面目ではないです。かなり適当で雑な性格です。たぶん真面目系クズです。そんな自分が割と好きです。できたてホヤホヤの友達からは、「真面目だな」とよく言われるのですが、それなりに仲が良くなってきた友達からは、「お前みたいなやつは初めて（悪い意味で）」と絶対に言われます。

人生で一番言われてきたセリフが、「お前がそんなやつだとは思わなかった」です。まじです。小学生の頃から言われてきました。私は普通に生きているだけなのにねっ。

あとがきの悩みではなく、人生の悩みになってきました。話を戻します。

これまで書いてきたあとがきを読み直し、「なんか普通だなー」とショックを受けました。そこであとがきについて勉強しようと思い、先日、家にあるラノベのあとがきを一通り読んでみました（元々私はあとがきを読まない派）。

正直なにも参考になりませんでした。レベルが高すぎましたね。

ただ、これは贅沢な悩みだなーとも思います。あとがきを書けるということは、本を出せているということですからね……！　ほんとありがてぇ。

良い感じに終わりが見えてきたので締めに入りたいと思います。

担当さん、四巻もありがとうございました。とくに今回はストーリーの判断が難しかったと思います。意識した方向性が今までと違いましたし……。

館田ダン先生もありがとうございます。このあとがきを書いている時点ではカバーイラストのラフしか目にできていませんが、期待感が半端ないです。

読者さんありがとうございます。四巻も読んでいただいて感謝しかありません！

ではでは〜。

ネトゲの嫁が人気アイドルだった 4
～クール系の彼女は現実でも嫁のつもりでいる～

発　　行　2024年4月25日　初版第一刷発行

著　　者　あボーン
発 行 者　永田勝治
発 行 所　株式会社オーバーラップ
〒141-0031　東京都品川区西五反田 8-1-5
校正・DTP　株式会社鷗来堂
印刷・製本　大日本印刷株式会社

Printed in Japan　ISBN 978-4-8240-0441-3 C0193

作品のご感想、ファンレターをお待ちしています

あて先：〒141-0031　東京都品川区西五反田 8-1-5 五反田光和ビル4階　ライトノベル編集部
「あボーン」先生係／「館田ダン」先生係

PC、スマホからWEBアンケートに答えてゲット!

★この書籍で使用しているイラストの『無料壁紙』
★さらに図書カード（1000円分）を毎月10名に抽選でプレゼント!

▶https://over-lap.co.jp/824004413
二次元バーコードまたはURLより本書へのアンケートにご協力ください。
オーバーラップ文庫公式HPのトップページからもアクセスいただけます。
※スマートフォンと PC からのアクセスにのみ対応しております。
※サイトへのアクセスや登録時に発生する通信費等はご負担ください。
※中学生以下の方は保護者の方の了承を得てから回答してください。

オーバーラップ文庫公式 HP ▶ https://over-lap.co.jp/lnv/